在西南联大的日子

汪曾祺 著

浙江人民出版社

只 为 优 质 阅 读

好
读
Goodreads

目录

辑一　西南联大的人

闻一多先生上课　　003
我的老师沈从文　　006
沈从文先生在西南联大　　011
吴雨僧先生二三事　　020
金岳霖先生　　023
唐立厂先生　　029
修髯飘飘——记西南联大的几位教授　　032
未尽才——故人偶记　　038
地质系同学　　043
蔡德惠　　047
星斗其文，赤子其人——怀念沈从文老师　　051
怀念德熙　　063
书《寂寞》后　　066

辑二　西南联大的事

西南联大中文系	073
新校舍	079
晚翠园曲会	088
翠湖心影	098
观音寺	105
白马庙	110
跑警报	113
疟　疾	122
牙　疼	125
七载云烟	129
觅我旅踪五十年	143

辑三　记昆明二三事

泡茶馆	153
昆明的吃食	163
昆明的果品	173
昆明年俗	179
昆明的雨	182
室外写生	187
勿忘侬花	190
背东西的兽物	195
凤翥街	202
昆明食菌	210
昆明草木	212

辑 一

西南联大的人

闻一多先生上课

闻先生性格强烈坚毅。日寇南侵，清华、北大、南开合成临时大学，在长沙少驻，后改为西南联合大学，将往云南。一部分师生组成步行团，闻先生参加步行，万里长征，他把胡子留了起来，声言：抗战不胜，誓不剃须。他的胡子只有下巴上有，是所谓的"山羊胡子"，而上髭浓黑，近似"一"字。他的嘴唇稍薄微扁，目光灼灼。有一张闻先生的木刻像，回头侧身，口衔烟斗，用炽热而又严冷的目光审视着现实，很能表达闻先生的内心世界。

联大到云南后，先在蒙自待了一年。闻先生还在专心治学，把自己整天关在图书馆里。图书馆在楼上。那时不少教授爱起斋名，如朱自清先生的斋名叫"贤于博弈斋"，魏建功先生的书斋叫"学无不暇"，有一位教授戏赠闻先生一个斋主的名称："何妨一下楼主人"。因为闻先生总不下楼。

西南联大校舍安排停当，学校即迁至昆明。

我在读西南联大时，闻先生先后开过三门课：楚辞、唐诗、古代神话。

楚辞班人不多。闻先生点燃烟斗，我们能抽烟的也点着了烟（闻先生的课可以抽烟的），闻先生打开笔记，开讲："痛饮酒，熟读《离骚》，乃可以为名士。"闻先生的笔记本很大，长一尺有半，宽近一尺，是写在特制的毛边纸稿纸上的。字是正楷，字体略长，一笔不苟。他写字有一特点，是爱用秃笔。别人用过的废笔，他都收集起来。秃笔写篆楷蝇头小字，真是一个功夫。我跟闻先生读一年楚辞，真读懂的只有两句"袅袅兮秋风，洞庭波兮木叶下"。也许还可加上几句："成礼兮会鼓，传葩兮代舞，春兰兮秋菊，长毋绝兮终古。"

闻先生教古代神话，非常"叫座"。不单是中文系的、文学院的学生来听讲，连理学院、工学院的同学也来听。工学院在拓东路，文学院在大西门，听一堂课得穿过整整一座昆明城。闻先生讲课"图文并茂"。他用整张的毛边纸墨画出伏羲、女娲的各种画像，用按钉钉在黑板上，口讲指画，有声有色，条理严密，文采斐然，高低抑扬，引人入胜。闻先生是一个好演员。伏羲女娲，本来是相当枯燥的课题，但听闻先生讲课让人感到一种美，思想的美，逻辑的美，才华的美。听这样的课，穿一座城，也值得。

能够像闻先生那样讲唐诗的，并世无第二人。他也讲初唐四杰、大历十才子、《河岳英灵集》，但是讲得最多，也讲得最好的，是晚唐。他把晚唐诗和后期印象派的画联系起来。讲李贺，同时讲到印象派里的pointillism（点画派），说点画看起来只是不同颜色的点,这些点似乎不相连属,但凝视之,则可感觉到点与点之间的内在联系。这样讲唐诗,必须本人既是诗人,也是画家,有谁能办到?闻先生讲唐诗的妙悟,应该记录下来。我是个大大咧咧的人,上课从不记笔记。听说比我高一班的同学郑临川记录了,而且整理成一本《闻一多论唐诗》,出版了,这是大好事。

我颇具歪才,善能胡诌,闻先生很欣赏我。我曾替一个比我低一班的同学代笔写了一篇关于李贺的读书报告——西南联大一般课程都不考试,只于学期终了时交一篇读书报告即可给学分。闻先生看了这篇读书报告后,对那位同学说:"你的报告写得很好,比汪曾祺写得还好!"其实我写李贺,只写了一点:别人的诗都是画在白底子上的画,李贺的诗是画在黑底子上的画,故颜色特别浓烈。这也是西南联大许多教授对学生鉴别的标准:不怕新,不怕怪,而不尚平庸,不喜欢人云亦云,只抄书,无创见。

我的老师沈从文

一九三七年,日本人占领了江南各地,我不能回原来的中学读书,在家闲居了两年。除了一些旧课本和从祖父的书架上翻出来的《岭表录异》之类的杂书,身边的"新文学"只有一本屠格涅夫的《猎人日记》和一本上海一家野鸡书店盗印的《沈从文小说选》。两年中,我反反复复地看着的,就是这两本书。所以反复地看,一方面是因为没有别的好书看,一方面也因为这两本书和我的气质比较接近。我觉得这两本书某些地方很相似。这两本书甚至形成了我对文学、对小说的概念。我的父亲见我反复地看这两本书,就也拿去看。他是看过《三国》《水浒》《红楼梦》的。看了这两本书,问我:"这也是小说吗?"我看过林琴南翻译的《说部丛刊》,看过张恨水的《啼笑因缘》,也看过巴金、郁达夫的小说,看了《猎人日记》和沈先生的小说,发现:哦,原来小说是可以这样的,是写这样一些人和事,是可以这样写的。

我在中学时并未有志于文学。在昆明参加大学联合招生,在报名书上填写"志愿"时,提笔写下了"西南联大中国文学系"，是和读了《沈从文小说选》有关系的。当时许多学生报考西南联大都是慕名而来。这里有朱自清、闻一多、沈从文。——其他的教授是入学后才知道的。

沈先生在联大开过三门课："各体文习作""创作实习"和"中国小说史"。"各体文习作"是本系必修课，其余两门是选修，我是都选了的。因此一九四一、一九四二、一九四三年，我都上过沈先生的课。"各体文习作"这门课的名称有点奇怪，但倒是名副其实的，教学生习作各体文章。有时也出题目。我记得沈先生在我的上一班曾出过"我们小庭院有什么"这样的题目，要求学生写景物兼及人事。有几位老同学用这题目写出了很清丽的散文，在报刊上发表了，我都读过。据沈先生自己回忆，他曾给我的下几班同学出过一个题目，要求他们写一间屋子里的空气。我那一班出过什么题目，我倒都忘了。为什么出这样一些题目呢？沈先生说：先得学会做部件，然后才谈得上组装。大部分时候，是不出题目的，由学生自由选择，想写什么就写什么。这课每周一次。学生在下面把车好、刨好的文字的零件交上去。下一周，沈先生就就这些作业来讲课。

说实在话，沈先生真不大会讲课。看了《八骏图》，那位教创作的达士先生好像对上课很在行，学期开始之前，就已经定好了十二次演讲的内容，你会以为沈先生也是这样，事实上全不是那回事。他不像闻先生那样：长髯垂胸，双目炯炯，富于表情，语言的节奏性很强，有很大的感染力；也不像朱先生那样：讲解很系统，要求很严格，上课带着卡片，语言朴素无华，然而扎扎实实。沈先生的讲课可以说是毫无系统，——因为就学生的文章来谈问题，也很难有系统，大都是随意而谈，声音不大，也不好懂。不好懂，是因为他的湘西口音一直未变，——他能听懂很多地方的方言，也能学说得很像，可是自己讲话仍然是一口凤凰话；也因为他的讲话内容不好捉摸。沈先生是个思想很流动跳跃的人，常常是才说东，忽而又说西。甚至他写文章时也是这样，有时真会离题万里，不知说到哪里去了，用他自己的话说，是"管不住手里的笔"。他的许多小说，结构很均匀缜密，那是用力"管"住了笔的结果。他的思想的跳动，给他的小说带来了文体上的灵活，对讲课可不利。

　　沈先生真不是个长于逻辑思维的人，他从来不讲什么理论。他讲的都是自己从刻苦的实践中摸索出来的经验之谈，没有一句从书本上抄来的话。——很多教授只会抄书。这些经验之谈，如果理解了，是会终身受益的。遗憾的是，很不好理解。比如，他经常讲的一句话是："要贴到人物来写。"这句话是什么意思呢？你可以作各种深浅不同的理解。这句话是有很丰富的内容的。照我的理解是：作者对所写的人物不能用俯视或旁观的态度。作者要和人物很亲近。作者的思想感情，作者的心要和人物贴得很紧，和人物一同哀乐，一同感觉周围的一切（沈先生很喜欢用"感觉"这个词，他老是要学生训练自己的感觉）。什么时候你"捉"不住人物，和人物离得远了，你就只好写一些似是而非的空话。一切从属于人物。写景、叙事都不能和人物游离。景物，得是人物所能感受得到的景物。得用人物的眼睛来看景物，用人物的耳朵来听，用人物的鼻子来闻嗅。《丈夫》里所写的河上的晚景，是丈夫所看到的晚景。《贵生》里描写的秋天，是贵生感到的秋天。写景和叙事的语言和人物的语言（对话）要相协调。这样，才能使通篇小说都渗透了人物，使读者在字里行间都感觉到人物，——同时也就感觉到作者的风格。风格，是作者对人物的感受。离开了人物，风格就不存在。这些，是要和沈先生相处较久，读了他许多作品之后，才能理解得到的。单是一句"要贴到人物来写"，谁知道是什么意思呢？又如，他曾经批评过我的一篇小说，说："你这是两个聪明脑袋在打架！"让一个第三者来听，他会说："这是什么意思？"我是明白的。我这篇小说用了大量的对话，我尽量想把对话写得深一点、美一点，有诗意、有哲理。事实上，没有人会这样地说话，就是两个诗人，也不会这样交谈。沈先生这句话等于说：这是不真实的。沈先生自己小说里的对话，大都是平平常常的话，但是一样还是使人感觉到人物，觉得美。从此，我就尽量把对话写得朴素一点，真切一点。

  沈先生是那种"用手来思索"的人（巴甫连科说作家是用手来思索的），他用笔写下的东西比用口讲出的要清楚得多，也深刻得多。使学生受惠的，不是他的讲话，而是他在学生的文章后面所写的评语。沈先生对学生的文章也改的，但改得不多，但是评语却写得很长，有时会比本文还长。这些评语有的是就那篇习作来谈的，也有的是由此说开去，谈到创作上某个问题。这实在是一些文学随笔。往往有独到的见解，文笔也很讲究。老一辈作家大都是"执笔则为文"，不论写什么，哪怕是写一个便条，都是当一个"作品"来写的。——这样才能随时锻炼文笔。沈先生历年写下的这种评语，为数是很不少的，可惜没有一篇留下来。否则，对今天的文学青年会是很有用处的。

除了评语，沈先生还就学生这篇习作，挑一些与之相近的作品，他自己的、别人的、中国的、外国的，带来给学生看。因此，他来上课时都抱了一大堆书。我记得我有一次写了一篇描写一家小店铺在上板之前各色各样人的活动，完全没有故事的小说，他就介绍我看他自己写的《腐烂》（这篇东西我过去未看过）。看看自己的习作，再看看别人的作品，比较吸收，收效很好。沈先生把他自己的小说总集叫作《沈从文小说习作选》，说这都是为了给上创作课的学生示范，有意地试验各种方法而写的，这是实情，并非故示谦虚。

沈先生这种教写作的方法，到现在我还认为是一种很好的方法，甚至是唯一可行的方法。我倒希望现在的大学中文系教创作的老师也来试试这种方法。可惜愿意这样教的人不多；能够这样教的，也很少。

沈从文先生在西南联大

沈先生在联大开过三门课：各体文习作、创作实习和中国小说史。三门课我都选了——各体文习作是中文系二年级必修课，其余两门是选修，西南联大的课程分必修与选修两种。中文系的语言学概论、文字学概论、文学史（分段）……是必修课，其余大都是任凭学生自选。诗经、楚辞、庄子、昭明文选、唐诗、宋诗、词选、散曲、杂剧与传奇……选什么，选哪位教授的课都成。但要凑够一定的学分（这叫"学分制"）。一学期我只选两门课，那不行。自由，也不能自由到这种地步。

创作能不能教？这是一个世界性的争论问题。很多人认为创作不能教。我们当时的系主任罗常培先生就说过：大学是不培养作家的，作家是社会培养的。这话有道理。沈先生自己就没有上过什么大学。他教的学生后来成为作家的，也极少。但是也不是绝对不能教。沈先生的学生现在能算是作家的，也还有那么几个。问题是由什么样的人来教、用什么方法教。现在的大学里很少开创作课的，原因是找不到合适的人来教。偶尔有大学开这门课的，收效甚微，原因是教得不甚得法。

教创作靠"讲"不成。如果在课堂上讲鲁迅先生所讥笑的"小说作法"之类，讲如何作人物肖像，如何描写环境，如何结构，结构有几种——攒珠式的、橘瓣式的……那是要误人子弟的。教创作主要是让学生自己"写"。沈先生把他的课叫作"习作""实习"很能说明问题。如果要讲，那"讲"要在"写"之后。就学生的作业，讲他的得失。教授先讲一套，放学生照猫画虎，那是行不通的。

　　沈先生是不赞成命题作文的，学生想写什么就写什么。但有时在课堂上也出两个题目。沈先生出的题目都非常具体。我记得他曾给我的上一班同学出过一个题目——"我们的小庭院有什么"，有几个同学就这个题目写了相当不错的散文，都发表了。他给比我低一班的同学曾出过一个题目——"记一间屋子里的空气"！我的那一班出过些什么题目，我倒不记得了。沈先生为什么出这样的题目？他认为：先得学会车零件，然后才能学组装。我觉得先做一些这样的片段的习作，是有好处的，这可以锻炼基本功。现在有些青年文学爱好者，往往一上来就写大作品，篇幅很长，而功力不够，原因就在零件车得少了。

　　沈先生的讲课，可以说是毫无系统。前已说过，他大都是看了学生的作业，就这些作业讲一些问题。他是经过一番思考的，但并不去翻阅很多参考书。沈先生读很多书，但从不引经据典，他总是凭自己的直觉说话，从来不说亚里士多德怎么说、福楼拜怎么说、托尔斯泰怎么说、高尔基怎么说。他的湘西口音很重，声音又低，有些学生听了一堂课，往往觉得不知道听了一些什么。沈先生的讲课是非常谦抑、非常自制的。他不用手势，没有任何舞台道白式的腔调，没有一点哗众取宠的江湖气。他讲得很诚恳，甚至很天真。但是你要是真正听"懂"了他的话——听"懂"了他的话里并未发挥罄尽的余意，你是会受益匪浅，而且会终生受用的。听沈先生的课，要像孔子的学生听孔子讲话一样："举一隅而三隅反。"

沈先生讲课时所说的话我几乎全都忘了（我这人从来不记笔记）！我们有一个同学把闻一多先生讲唐诗课的笔记记得极详细，现已整理出版，书名就叫《闻一多论唐诗》，很有学术价值，就是不知道他把闻先生讲唐诗时的"神气"记下来了没有。我如果把沈先生讲课时的精辟见解记下来，也可以成为一本《沈从文论创作》。可惜我不是这样的有心人。

沈先生关于我的习作讲过的话我只记得一点了，是关于人物对话的。我写了一篇小说（内容早已忘记干净），有许多对话。我竭力把对话写得美一点，有诗意、有哲理。沈先生说："你这不是对话，是两个聪明脑壳打架！"从此我知道对话就是人物所说的普普通通的话，要尽量写得朴素。不要哲理，不要诗意。这样才真实。

沈先生经常说的一句话是："要贴到人物来写。"很多同学不懂他的这句话是什么意思。我以为这是小说学的精髓。据我的理解，沈先生这句极其简略的话包含这样几层意思：小说里，人物是主要的、主导的；其余部分都是派生的、次要的。环境描写，作者的主观抒情、议论，都只能附着于人物，不能和人物游离，作者要和人物同呼吸、共哀乐。作者的心要随时紧贴着人物。什么时候作者的心"贴"不住人物，笔下就会浮、泛、飘、滑，花里胡哨，故弄玄虚，失去了诚意。而且，作者的叙述语言要和人物相协调。写农民，叙述语言要接近农民；写市民，叙述语言要近似市民。小说要避免"学生腔"。

我以为沈先生这些话是浸透了淳朴的现实主义精神的。

沈先生教写作，写的比说的多，他常常在学生的作业后面写很长的读后感，有时会比原作还长。这些读后感有时评析本文得失，也有时从这篇习作说开去，谈及有关创作的问题，见解精到，文笔讲究。一个作家应该不论写什么都写得讲究。这些读后感也都没有保存下来，否则是会比《废邮存底》还有看头的。可惜！

沈先生教创作还有一种方法，我以为是行之有效的，学生写了一个作品，他除了写很长的读后感之外，还会介绍你看一些与你这个作品写法相近似的中外名家的作品。记得我写过一篇不成熟的小说《灯下》，记一个店铺里上灯以后各色人的活动，无主要人物、主要情节，散散漫漫。沈先生就介绍我看了几篇这样的作品，包括他自己写的《腐烂》。学生看看别人是怎样写的，自己是怎样写的，对比借鉴，是会有长进的。这些书都是沈先生找来，带给学生的。因此他每次上课，走进教室里时总要夹着一大摞书。

沈先生就是这样教创作的。我不知道还有没有别的更好的方法教创作。我希望现在的大学里教创作的老师能用沈先生的方法试一试。

学生习作写得较好的，沈先生就做主寄到相熟的报刊上发表。这对学生是很大的鼓励。多年以来，沈先生就干着给别人的作品找地方发表这种事。经他的手介绍出去的稿子，可以说是不计其数了。我在一九四六年前写的作品，几乎全都是沈先生寄出去的。他这辈子为别人寄稿子用去的邮费也是一个相当可观的数目了。为了防止超重太多，节省邮费，他大都把原稿的纸边裁去，只剩下纸芯。这当然不大好看。但是抗战时期，百物昂贵，不能不打这点小算盘。

沈先生教书，但愿学生省点事，不怕自己麻烦。他讲《中国小说史》，有些资料不易找到，他就自己抄，用夺金标毛笔，筷子头大的小行书抄在云南竹纸上。这种竹纸高一尺、长四尺，并不裁断，抄得了，卷成一卷。上课时分发给学生。他上创作课夹了一摞书，上小说史时就夹了好些纸卷。沈先生做事，都是这样，一切自己动手，细心耐烦。他自己说他这种方式是"手工业方式"。他写了那么多作品，后来又写了很多大部头关于文物的著作，都是用这种手工业方式搞出来的。

沈先生对学生的影响，课外比课堂上要大得多。他后来为了躲避日本飞机空袭，全家移住到呈贡桃园，每星期上课，进城住两天。文林街二十号联大教职员宿舍有他一间屋子。他一进城，宿舍里几乎从早到晚都有客人。客人多半是同事和学生，客人来，大都是来借书、求字，看沈先生收到的宝贝，谈天。

沈先生有很多书，但他不是"藏书家"，他的书，除了自己看，是借给人看的。联大文学院的同学，多数手里都有一两本沈先生的书，扉页上用淡墨签了"上官碧"的名字。谁借了什么书，什么时候借的，沈先生是从来不记得的。直到联大"复员"，有些同学的行装里还带着沈先生的书，这些书也就随之而漂流到四面八方了。沈先生书多，而且很杂，除了一般的四部书、中国现代文学、外国文学的译本，社会学、人类学、黑格尔的《小逻辑》、弗洛伊德、亨利·詹姆斯、道教史、陶瓷史、《髹饰录》《糖霜谱》……兼收并蓄，五花八门。这些书，沈先生大都认真读过。沈先生称自己的学问为"杂知识"。一个作家读书，是应该杂一点的。沈先生读过的书，往往在书后写两行题记。有的是记一个日期，那天天气如何，也有时发一点感慨。有一本书的后面写道："某月某日，见一大胖女人从桥上过，心中十分难过。"这两句话我一直记得，可是一直不知道是什么意思。大胖女人为什么使沈先生十分难过呢？

沈先生对打扑克简直是痛恨。他认为这样地消耗时间，是不可原谅的。他曾随几位作家到井冈山住了几天。这几位作家成天在宾馆里打扑克，沈先生说起来就很气愤："在这种地方，打扑克！"沈先生小小年纪就学会掷骰子，各种赌术他也都明白，但他后来不玩这些。沈先生的娱乐，除了看看电影，就是写字。他写章草，笔稍偃侧，起笔不用隶法，收笔稍尖，自成一格。他喜欢写窄长的直幅，纸长四尺，阔只三寸。他写字不择纸笔，常用糊窗的高丽纸。他说："我的字值三分钱！"从前要求他写字的，他几乎有求必应。近年有病，不能握管，沈先生的字变得很珍贵了。

沈先生后来不写小说，搞文物研究了，国外、国内，很多人都觉得很奇怪。熟悉沈先生的历史的人，觉得并不奇怪。沈先生年轻时就对文物有极其浓厚的兴趣。他对陶瓷的研究甚深，后来又对丝绸、刺绣、木雕、漆器……都有广博的知识。沈先生研究的文物基本上是手工艺制品。他从这些工艺品看到的是劳动者的创造性。他为这些优美的造型、不可思议的色彩、神奇精巧的技艺发出的惊叹，是对人的惊叹。他热爱的不是物，而是人，他对一件工艺品的孩子气的天真激情，使人感动。我曾戏称他搞的文物研究是"抒情考古学"。他八十岁生日，我曾写过一首诗送给他，中有一联"玩物从来非丧志，著书老去为抒情"，是纪实。他有一阵在昆明收集了很多耿马漆盒。这种黑、红两色刮花的圆形缅漆盒，昆明多的是，而且很便宜。沈先生一进城就到处逛地摊，选买这种漆盒。他屋里装甜食点心、装文具邮票……的，都是这种盒子。有一次买得一个直径一尺五寸的大漆盒，一再抚摩，说："这可以做一期《红黑》杂志的封面！"他买到的缅漆盒，除了自用，大多数都送人了。有一回，他不知从哪里弄到很多土家族的挑花布,摆得一屋子,这间宿舍成了一个展览室。来看的人很多,沈先生很快乐。这些挑花图案天真稚气而秀雅生动,确实很美。

沈先生不长于讲课,而善于谈天。谈天的范围很广,时局、物价……谈得较多的是风景和人物。他几次谈及玉龙雪山的杜鹃花有多大,某处高山绝顶上有一户人家——就是这样一户!他谈某一位老先生养了二十只猫。谈一位研究东方哲学的先生跑警报时带了一只小皮箱,皮箱里没有金银财宝,装的是一个聪明女人写给他的信。谈徐志摩上课时带了一个很大的烟台苹果,一边吃,一边讲,还说:"中国东西并不都比外国的差,烟台苹果就很好!"谈梁思成在一座塔上测绘内部结构,差一点从塔上掉下去。谈林徽因发着高烧,还躺在客厅里和客人谈文艺。他谈得最多的大概是金岳霖。金先生终身未娶,长期独身。他养了一只大斗鸡。这鸡能把脖子伸到桌上来,和金先生一起吃饭。他到处搜罗大石榴、大梨。买到大的,就拿去和同事的孩子的比,比输了,就把大梨、大石榴送给小朋友,他再去买!……沈先生谈及的这些人有共同特点。一是都对工作、对学问热爱到了痴迷的程度;二是为人天真得像一个孩子,对生活充满兴趣,不管在什么环境下永远不消沉沮丧,无机心、少俗虑。这些人的气质也正是沈先生的气质。"闻多素心人,乐与数晨夕",沈先生谈及熟朋友时总是很有感情的。

文林街文林堂旁边有一条小巷,大概叫作金鸡巷,巷里的小院中有一座小楼。楼上住着联大的同学：王树藏、陈蕴珍（萧珊）、施载宣（萧荻）、刘北汜。当中有个小客厅。这小客厅常有熟同学来喝茶聊天，成了一个小小的沙龙。沈先生常来坐坐。有时还把他的朋友也拉来和大家谈谈。老舍先生从重庆过昆明时，沈先生曾拉他来谈过"小说和戏剧"。金岳霖先生也来过，谈的题目是"小说和哲学"。金先生是搞哲学的，主要是搞逻辑的，但是读很多小说，从普鲁斯特到《江湖奇侠传》。"小说和哲学"这题目是沈先生给他出的。不料金先生讲了半天，结论却是：小说和哲学没有关系。他说《红楼梦》里的哲学也不是哲学。他谈到兴浓处，忽然停下来，说："对不起，我这里有个小动物！"说着把右手从后脖领伸进去，捉出了一只跳蚤，甚为得意。我们问金先生为什么搞逻辑，金先生说："我觉得它很好玩！"

　　沈先生在生活上极不讲究。他进城没有正经吃过饭，大都是在文林街二十号对面一家小米线铺吃一碗米线。有时加一个西红柿，打一个鸡蛋。有一次我和他上街闲逛，到玉溪街，他在一个米线摊上要了一盘凉鸡，还到附近茶馆里借了一个盖碗，打了一碗酒。他用盖碗盖子喝了一点，其余的都叫我一个人喝了。

　　沈先生在西南联大是一九三八年到一九四六年。一晃，四十多年了！

吴雨僧先生二三事

吴宓（雨僧）先生相貌奇古。头顶微尖，面色苍黑，满脸刮得铁青的胡子，有学生形容他的胡子之盛，说是他两边脸上的胡子永远不能一样：刚刮了左边，等刮右边的时候，左边又长出来了。他走路很快，总是提了一根很粗的黄藤手杖。这根手杖不是为了助行，而是为了矫正学生的步态。有的学生走路忽东忽西，挡在吴先生的前面，吴先生就用手杖把他拨正。吴先生走路是笔直的，总是匆匆忙忙的。他似乎没有逍遥闲步的时候。

吴先生是西语系的教授。他在西语系开了什么课我不知道。他开的两门课是外系学生都可以选读或自由旁听的。一门是"中西诗之比较"，一门是"红楼梦"。

"中西诗之比较"第一课我去旁听了。不料他讲的第一首诗却是：

一去二三里，
烟村四五家。
楼台六七座，

八九十枝花。

吴先生认为这种数字的排列是西洋诗所没有的。我大失所望了，认为这讲得未免太浅了，以后就没有再去听，其实讲诗正应该这样：由浅入深。数字入诗，确也算得是中国诗的一个特点。骆宾王被人称为"算博士"。杜甫也常以数字为对，如"两个黄鹂鸣翠柳，一行白鹭上青天"，"窗含西岭千秋雪，门泊东吴万里船"。吴先生讲课这样的"卑之勿甚高论"，说明他治学的朴实。

"红楼梦"是很"叫座"的，听课的学生很多，女生尤其多。我没有去听过，但知道一件事。他一进教室，看到有些女生站着，就马上出门，到别的教室去搬椅子。联大教室的椅子是不固定的，可以搬来搬去。吴先生以身作则，听课的男士也急忙蜂拥出门去搬椅子。到所有女生都已坐下，吴先生才开讲。吴先生讲课内容如何，不得而知。但是他的行动，很能体现"贾宝玉精神"。

文林街和府甬道拐角处新开了一家饭馆，是几个湖南学生集资开的，取名"潇湘馆"，挂了一个招牌。吴先生见了很生气，上门向开馆子的同学抗议：林妹妹的香闺怎么可以作为一个饭馆的名字呢！开饭馆的同学尊重吴先生的感情，也很知道他的执拗的脾气，就提出一个折中的方案，加一个字，叫作"潇湘饭馆"。吴先生勉强同意了。

听说陈寅恪先生曾说吴先生是《红楼梦》里的妙玉，吴先生以为知己。这个传说未必可靠，也许是哪位同学编出来的。但编造得颇为合理，这样的编造安在陈先生和吴先生的头上，都很合适。

吴先生长期过着独身生活，吃饭是"打游击"。他经常到文林街一家小饭馆去吃牛肉面。这家饭馆只有一间门脸，卖的也只是牛肉面。小饭馆的老板很尊重吴先生。抗战期间，物价飞涨，小饭馆随时要调整价目。每次涨价，都要征得吴先生同意。吴先生听了老板说明涨价的理由，把老的价目表撤下，在一张红纸上用毛笔正楷写一张新的价目表贴在墙上：炖牛肉多少钱一碗、牛肉面多少钱一碗、净面多少钱一碗。

抗战胜利，三校（西南联大是清华、北大、南开联合起来的）复员，不知道为什么吴先生没有回清华（他是老清华了），我就没有再见到吴先生。有一阵谣传他在四川出了家，大概是因为他字"雨僧"而附会出来的。后来打听到他辗转在武汉大学、香港大学教书，最后落到北碚师范学院。

金岳霖先生

西南联大有许多很有趣的教授,金岳霖先生是其中的一位。金先生是我的老师沈从文先生的好朋友。沈先生当面和背后都称他为"老金"。大概时常来往的熟朋友都这样称呼他。关于金先生的事,有一些是沈先生告诉我的。我在《沈从文先生在西南联大》一文中提到过金先生。有些事情在那篇文章里没有写进去,觉得还应该写一写。

金先生的样子有点怪。他常年戴着一顶呢帽,进教室也不脱下。每一学年开始,给新的一班学生上课,他的第一句话总是:"我的眼睛有毛病,不能摘帽子,并不是对你们不尊重,请原谅。"他的眼睛有什么病,我不知道,只知道怕阳光。因此他的呢帽的前檐压得比较低,脑袋总是微微地仰着。他后来配了一副眼镜,这副眼镜的一只镜片是白的、一只是黑的。这就更怪了。后来在美国讲学期间把眼睛治好了——好一些,眼镜也换了,但那微微仰着脑袋的姿态一直还没有改变。他身材相当高大,经常穿一件烟草黄色的麂皮夹克,天冷了就在里面围一条很长的驼色的羊绒围巾。联大的教授穿衣服是各色各样的。闻一多先生有一阵穿一件式样过时的灰色旧夹袍,是一个亲戚送给他的,领子很高,袖口极窄。联大有一次在龙云的长子、蒋介石的干儿子龙绳武家里开校友会——龙云的长媳是清华校友,闻先生在会上大骂"蒋介石,王八蛋!浑蛋!"那天穿的就是这件高领窄袖的旧夹袍。朱自清先生有一阵披着一件云南赶马人穿的蓝色毡子的一口钟。除了体育教员,教授里穿夹克的,好像只有金先生一个人。他的眼睛即使是到美国治了后也还是不大好,走起路来有点深一脚浅一脚。他就这样穿着黄夹克,微仰着脑袋,深一脚浅一脚地在联大新校舍的一条土路上走着。

金先生教逻辑。逻辑是西南联大规定文学院一年级学生的必修课,班上学生很多,上课在大教室,坐得满满的。在中学里没有听说有逻辑这门学问,大一的学生对这课很有兴趣。金先生上课有时要提问,那么多的学生,他不能都叫得上名字来——联大是没有点名册的,他有时一上课就宣布:"今天,穿红毛衣的女同学回答问题。"于是所有穿红衣的女同学就都有点紧张,又有点兴奋。那时联大女生在蓝阴丹士林旗袍外面套一件红毛衣成了一种风气——穿蓝毛衣、黄毛衣的极少。问题回答得流利清楚,也是件出风头的事。金先生很注意地听着,完了,说:"Yes! 请坐!"

学生也可以提出问题,请金先生解答。学生提的问题深浅不一,金先生有问必答,很耐心。有一个华侨同学叫林国达,操广东普通话,最爱提问题,问题大都奇奇怪怪。他大概觉得逻辑这门学问是挺"玄"的,应该提点怪问题。有一次他又站起来提了一个怪问题，金先生想了一想，说："林国达同学，我问你一个问题：Mr. Lin Guo Da is perpendicular to the blackboard（林国达君垂直于黑板），这什么意思？"林国达傻了。林国达当然无法垂直于黑板，但这句话在逻辑上没有错误。

林国达游泳淹死了。金先生上课，说："林国达死了，很不幸。"这一堂课，金先生一直没有笑容。

有一个同学，大概是陈蕴珍，即萧珊，曾问过金先生："您为什么要搞逻辑？"逻辑课的前一半讲三段论，大前提、小前提、结论、周延、不周延、归纳、演绎……还比较有意思。后半部全是符号，简直像高等数学。她的意思是：这种学问多么枯燥！金先生的回答是："我觉得它很好玩。"

除了文学院大一学生必修课逻辑，金先生还开了一门"符号逻辑"，是选修课。这门学问对我来说简直是天书。选这门课的人很少，教室里只有几个人。学生里最突出的是王浩。金先生讲着讲着，有时会停下来，问："王浩，你以为如何？"这堂课就成了他们师生二人的对话。王浩现在在美国。前些年写了一篇关于金先生的较长的文章，大概是论金先生之学的，我没有见到。

王浩和我是相当熟的。他有个要好的朋友王景鹤，和我同在昆明黄土坡一个中学教学，王浩常来玩。来了，常打篮球。大都是吃了午饭就打。王浩管吃了饭就打球叫"练盲肠"。王浩的相貌颇"土"，脑袋很大，剃了一个光头——联大同学剃光头的很少,说话带山东口音。他现在成了洋人——美籍华人,国际知名的学者,我实在想象不出他现在是什么样子。前年他回国讲学,托一个同学要我给他画一张画。我给他画了几个青头菌、牛肝菌,一根大葱,两头蒜,还有一块很大的宣威火腿——火腿是很少入画的。我在画上题了几句话,有一句是"以慰王浩异国乡情"。王浩的学问,原来是师承金先生的。一个人一生哪怕只教出一个好学生,也值得了。当然,金先生的好学生不止一个人。

金先生是研究哲学的,但是他看了很多小说。从普鲁斯特到福尔摩斯,都看。听说他很爱看平江不肖生[①]的《江湖奇侠传》。有几个联大同学住在金鸡巷,陈蕴珍、王树藏、刘北汜、施载宣(萧荻)。楼上有一间小客厅。沈先生有时拉一个熟人去给少数爱好文学、写写东西的同学讲一点什么。金先生有一次也被拉了去。他讲的题目是"小说和哲学"。题目是沈先生给他出的。大家以为金先生一定会讲出一番道理。不料金先生讲了半天,结论却是:小说和哲学没有关系。有人问:那么《红楼梦》呢?金先生说:"红楼梦里的哲学不是哲学。"他讲着讲着,忽然停下来,"对不起,我这里有个小动物。"他把右手伸进后脖颈,捉出了一个跳蚤,捏在手指里看看,甚为得意。

金先生是个单身汉(联大教授里不少光棍,杨振声先生曾写

[①]近代著名武侠小说家。

过一篇游戏文章《释鳏》，在教授间传阅），无儿无女，但是过得自得其乐。他养了一只很大的斗鸡（云南出斗鸡）。这只斗鸡能把脖子伸上来，和金先生一个桌子吃饭。他到处搜罗大梨、大石榴，拿去和别的教授的孩子比赛。比输了，就把梨或石榴送给他的小朋友，他再去买。

金先生朋友很多，除了哲学系的教授外，时常来往的，据我所知，有梁思成、林徽因夫妇，沈从文，张奚若……君子之交淡如水，坐定之后，清茶一杯，闲话片刻而已。金先生对林徽因的谈吐才华，十分欣赏。现在的年轻人多不知道林徽因。她是学建筑的，但是对文学的趣味极高，精于鉴赏，所写的诗和小说如《窗子以外》《九十九度中》风格清新，一时无两。林徽因死后，有一年，金先生在北京饭店请了一次客，老朋友收到通知，都纳闷：老金为什么请客？到了之后，金先生才宣布："今天是徽因的生日。"

金先生晚年深居简出。毛主席曾经对他说："你要接触接触社会。"金先生已经八十岁了，怎么接触社会呢？他就和一个蹬平板三轮车的约好，每天蹬着他到王府井一带转一大圈。我想象金先生坐在平板三轮上东张西望，那情景一定非常有趣。王府井人挤人，熙熙攘攘，谁也不会知道这位东张西望的老人是一位一肚子学问，为人天真、热爱生活的大哲学家。

金先生治学精深，而著作不多。除了一本大学丛书里的《逻辑》，我所知道的，还有一本《论道》。其余还有什么，我不清楚，须问王浩。

我对金先生所知甚少。希望熟知金先生的人把金先生好好写一写。

联大的许多教授都应该有人好好地写一写。

唐立厂①先生

唐立厂先生名兰，"立厂"是兰的反切。离名之反切为字，西南联大教授中有好几位。如王力——了一。这大概也是一时风气。

唐先生没有读过正式的大学，只在唐文治办的无锡国学馆读过，但因为他的文章为王国维、罗振玉所欣赏，一夜之间，名满京师。王国维称他为"青年文字学家"。王国维岂是随便"逢人说项"者乎？这样，他年轻轻的就在北京、辽宁（唐先生谓之奉天）等大学教了书。他在西南联大时已经是教授。他讲"说文解字"时，有几位已经很有名的教授都规规矩矩坐在教室里听。西南联大有这样一个好学风：你有学问，我就听你的课，不觉得这有什么丢人。唐先生对金文甲骨都有很深的研究。尤其是甲骨文。当时治甲骨文的学者号称有"四堂"：观堂（王国维）、雪堂（罗振玉）、彦堂（董作宾）、鼎堂（郭沫若），其实应该加上一厂（唐立厂）。难得的是他治学无门户之见。郭沫若

---

① "厂"读"庵"。——原注

研究古文字是自学，无师承，有些右派学者看不起他，唐立厂独不然，他对郭沫若很推崇，在一篇文章中说过"鼎堂导夫先路"①，把郭置于诸家之前。他提起郭沫若总是读其本字"郭沫若"，沫音妹，不读泡沫的沫。唐先生是无锡人，说话用吴语，"郭""若"都是入声，听起来有一种特殊的味道，让人觉得亲切。唐先生说诸家治古文字是手工业，一个字一个字地认，他是小机器工业。他认出一个"斤"字，于是凡带"斤"字偏旁的字便都迎刃而解，一认一大批。在当时认古文字数量最多的应推唐立厂。

唐先生兴趣甚广，于学无所不窥。有一年教词选的教授休假，他自告奋勇，开了词选课。他的教词选实在有点特别。他主要讲《花间集》，《花间集》以下不讲。其实他讲词并不讲，只是打起无锡腔，把这一首词高声吟唱一遍，然后加一句短到不能再短的评语。

"'双鬟隔香红啊，玉钗头上风。'——好！真好！"

这首词就算讲完了。学生听懂了没有？听懂了！从他的做梦一样的声音神情中，体会到了温飞卿此词之美了。讲是不讲，不讲是讲。

唐先生脑袋稍大，一年只理两次发，头发很长，他又是个鬈

---

① 此处作者记忆有误，唐兰《天壤阁甲骨文存目序》："卜辞研究，自雪堂导夫先路，观堂继以考异，彦堂区其时代，鼎堂发其辞例……"

发，从后面看像一只狻猊——就是卢沟桥上的石狮子，也即是耍狮子舞的那种狮子，不是非洲狮子。他有一阵住在大观楼附近的乡下。请了一个本地的女孩子照料生活，洗洗衣裳，做饭。唐先生爱吃干巴菌，女孩子常给他炒青辣椒干巴菌。有时请几个学生上家里吃饭，必有这一道菜。

唐先生有过一段Romance（罗曼史），他和照料他生活的女孩子有了感情，为她写了好些首词。他也并不讳言，反而抄出来请中文系的教授、讲师传看。都是"花间体"。据我们系主任罗常培（莘田）说："写得很艳！"

唐先生说话无拘束，想到什么就说。有一次在系办公室说起闻一多、罗膺中（庸），这是两个中文系上课最"叫座"的教授，闻先生教楚辞、唐诗、古代神话，罗先生讲杜诗。他们上课，教室里座无虚席，有一些工学院学生会从拓东路到大西门，穿过整个昆明城赶来听课。唐立厂当着系里很多教员、助教，大声评论他们二位："闻一多集穿凿附会之大成；罗膺中集啰唆之大成！"他的无锡语音使他的评论更富力度。教员、助教互相看看，不赞一词。"处世无奇但率真"，唐立厂先生是一个胸无渣滓的率真的人。他的评论并无恶意，也绝无"打击别人抬高自己"的用心。他没有虑到这句话传到闻先生、罗先生耳中会不会使他们生气。也没有无聊的人会搬弄是非，传小话。即使闻先生、罗先生听到，也不会生气的。西南联大就是这样一所大学，这样的一种学风：宽容，坦荡，率真。

修髯飘飘
——记西南联大的几位教授

在留胡子的教授里，年龄最长，胡子也最旺盛的，大概要算戴修瓒先生。我在校时，戴先生已有六十多岁。戴先生是法律系的。听说他在北洋政府时期曾任最高法院（那时应该叫作大理院）的大法官，因为对段祺瑞之所为不满，一怒辞职，到大学教书。戴先生身体很好。他身材不高，但很敦实，面色红润，两眼有光。他蓄着满腮胡子，已经近乎全白，但是通气透风，根根发亮。我没有听过戴先生的课，只在教室外经过时，听过他讲课的声音，真是底气充足，声若洪钟。听到他的声音，看到他稳健的步履、飘动的银髯，想到他从执政府拂袖而去，总会生出一种敬意。戴先生是湘西人，湘西人大都很倔。

很多人都知道闻一多先生是留胡子的。报刊上发表他的照片，大都有胡子。那张流传很广的木刻像（记得是个姓夏的木刻家所刻），闻先生口衔烟斗，目光炯炯，而又深沉，是很传神的。这张木刻像上，闻先生是有胡子的，但是闻先生原来并未留胡子，他的胡子是抗战那一天留起来的。当时发誓：抗战不胜，誓不剃须。

闻先生原来并不热衷于政治。他潜心治学，用心甚笃。他的治学，考证精严，而又极富想象。他是个诗人学者，一个艺术家。他的讲课很有号召力，许多工学院的学生会从拓东路（工学院在昆明东南角的拓东路）步行穿过全城，来听闻先生的讲课。闻先生讲课，真是"神采奕奕"。他很会讲课（有的教授很有学问，但不会讲课），能把本来是很枯燥的考证，讲得层次分明，引人入胜，逻辑性很强，而又文词生动。他讲话很有节奏，顿挫铿锵，有"穿透力"，如同第一流的演员。他教过我们楚辞、唐诗、古代神话。好几篇文章说过，闻先生讲楚辞，第一句话是："痛饮酒，熟读《离骚》，乃可以为名士。"是这样的。我上闻先生的楚辞课，他就是这样开头的。他讲唐诗，把晚唐诗和后期印象派的画放在一起讲。我记得他讲李贺诗，同时讲法国的点彩派（Pointillism），这样的东西比较的研究方法，当时运用的人还很少。他讲古代神话，在黑板上钉满了用毛边纸墨笔手摹的大幅伏羲女娲的石刻画像（这本身是珍贵的艺术品）。昆中北院的大教室里各系学生坐得满满的，鸦雀无声。听这样的课，真是超高级的艺术享受。

闻先生的个性很强，处处可以看出。他用的笔记本是特制的，毛边纸，红格，宽一尺，高一尺有半，是离京时带出来的。他上课就带了这样的笔记，外面用一块蓝布包着。闻先生写笔记用的是正楷，一笔不苟，字兼欧柳字体稍长。他爱用秃笔。用的笔都是从别人笔筒中搜来的废笔。秃笔写蝇头小字，字字都像刻出来的，真是见功夫。他原是学画的。他和几位教授带领一群学生从北京步行到长沙，一路上画了许多铅笔速写（多半是风景）。他的铅笔速写另具一格，他以中国的书法入铅笔画，笔触肯定，有金石味。他冶印，朱白布置很讲究，奏刀有力。连他的吃菜口味也是这样，口重。他在蒙自住了半年，深以食堂菜淡为苦。

闻先生的胡子不是络腮胡子，只下巴下长髯一绺，但上髭浓黑，衬出他的轮廓分明，稍稍扁阔的嘴巴，显得潇洒而又坚毅。

闻先生后来走下"楼"来（他在蒙自，整天钻在图书馆楼上，同事曾戏称为"何妨一下楼主人"），拍案而起，献身民主运动，原因很多，我只想说，这和他的刚强的个性是很有关系的。一是一，二是二，想怎么样，就怎么样，心口如一，义无反顾。闻先生是中国现代史上一个无半点渣滓的、完整的、真实的浪漫主义者。他的人格，是一首诗。

能为闻先生塑像的理想人物，是罗丹。可惜罗丹早就死了。

在西南联大旧址，现在的西南师范学院的校园中有闻先生的全身石像，长髯飘飘，很有神采。

闻先生遇难时，已经剃了胡子（抗战已经胜利）。我建议在闻先生牺牲的西仓坡另立一个胸像（现在有一块碑），最好是铜像。这个胸像可以没有胡子。

冯友兰先生面色苍黑，头发黑，胡子也黑。他是个高度近视眼,戴一副黑边眼镜,眼镜片很厚,迎面看去,只见一圈又一圈,看不清他的眼睛是什么样子。他常年穿着黑色马褂,夹着一个包袱,里面装着他的讲稿。这包袱的颜色是杏黄的,上面还印着八卦五毒。这本是云南人包小孩用的包被(襁褓),不知道冯先生怎么会随手拿来包讲稿了。有时,身后还跟着一条狗。这条狗不知道是不是宗璞的小说里所写的鲁鲁,看它是纯白的,而且四条腿很短,大概就是的。

我在联大时,冯先生的《贞元三书》(《新原人》《新道学》《新世训》)都已经出版,我看过,已经没有印象,只有总序里的一句话却至今记得:"但今贞下起元之时,好学深思之士,乌能已于言哉。"冯先生的治哲学,是要经世致用的,和金岳霖、沈有鼎等先生只是当作一门纯学术来研究不一样。

唐兰(立厂)先生的胡子不是有意留起来的,而是"自然"长长了的。唐先生很少理发,据说一年只理两次。他的头发有点鬈曲,满头带鬈的乌发,从后面看,像石狮子(狻猊)脑袋。头发长了,胡子也就长了。胡子,也有点鬈,但不厉害,没有到成为虬髯公的地步。他理了发,头发短了,胡子也剃掉了,好像换了一个人。

唐先生治文字学,教"说文解字",我没有选过这门课。但他有一年突然开了词选,这是必修课。原来教词选的教授请假,他就自告奋勇来教了。他教词选,基本上不怎么讲。有时甚至只是打起无锡腔,曼声吟诵(其实是唱)了一遍:"双鬓隔香红啊，玉钗头上凤……"——"好！真好！"这首词就算讲完了。班上学生词选课的最大收获，大概就是学会了唐先生吟词的腔调。似乎这样吟唱一遍，这首词也就懂了。这不是夸张，因为唐先生吟诵得很有感情、很陶醉，这首词的好处也就表达出来了。诗词本不宜多讲。讲多了，就容易把这首诗词讲死。像现在电视台的《唐诗撷英》就讲得太多了。一首七言绝句，哪有那么多的话好说呢。

不应该把胡子留起来，却留起来的，是生物系教授赵以炳。他要算西南联大教授中最年轻的，至少是最年轻的之一。当时他大概只有三十来岁。三十来岁而当了教授，可谓少年得志。赵先生长得很漂亮，但这种漂亮不是奶油小生或电影明星那样漂亮得浅薄无聊，他还是一个教授，一个学者，很有书卷气，很潇洒，或如同北京人所说：很"帅"。在我所认识的教授中，当得起"风度翩翩"四个字的，唯赵先生一人。然而他却留了胡子。他为什么要留胡子呢？这有个故事。他自身在联大教书，夫人不在身边，蓄须是为了明志，让夫人放心，保证不会三心二意。他的夫人我们当然没有见过，但想象起来一定也是一位美人。没想到，他的下巴下一把黑黑的胡子更增加了他的风度，使男学生羡慕，让女学生倾心。然而没有听说过赵先生另外有什么罗曼史。

赵先生是生理学专家，专门研究刺猬。我离开联大后，就没有再见过赵先生，听说他后来的遭遇很坎坷，详情不得而知。

可以，甚至应该把胡子留起来而不留的，是吴宓（雨僧）先生。吴先生的胡子很密，而且长得很快，经常刮，刮得两颊都是铁青的。有一位外语系的助教形容吴先生的胡子生长之快，说吴先生的胡子，两边永远不能一样，刮了左边，再刮右边的时候，左边就又长出来了。吴先生相貌奇古，自号"雨僧"，有几分像。

吴先生的结局很惨。"文化大革命"中穷困潦倒（每月只发生活费30元），最后孤寂地死在家乡。

或问：你为什么要写这些胡子教授？没有什么，偶然想起而已。为什么要想起？这怎么说呢，只能说：这样的教授现在已经不多了。

未尽才
——故人偶记

陶光

陶光，字重华，但我们背后都只叫他陶光。他是我的大一国文教作文的老师。西南联大大一教课文和教作文的是两个人。教课文的是教授、副教授，教作文的一般是讲师、助教。陶光当时是助教。陶光面白皙，风度翩翩。他有个特点。上课穿了两件长衫来，都是毛料的，外面一件是铁灰色的，里面一件是咖啡色的。进了教室就把外面一件脱了，挂在墙上的钉子上。外面一件就成了夹大衣。教作文，主要是修改学生的作文，评讲。他有时评讲到得意处，就把眼睛闭起来，很陶醉。有一个也是姓陶的女同学写了一篇抒情散文，记下雨天听一盲人拉二胡的感受，陶先生在一段的末尾给她加了一句："那湿冷的声音湿冷了我的心。"当时我就记住了。也许是因为第二个"湿冷"是形容词做动词用，有点新鲜。也许是这一句的感伤主义情绪。

他后来转到云南大学教书去了,好像升了讲师。

后来我跟他熟起来是因为唱昆曲。云南大学中文系成立了一个曲社,教学生拍曲子的,主要的教师是陶光。吹笛子的是历史系教员张宗和。陶先生的曲子唱得很好,是跟红豆馆主学过的。他是唱冠生的,嗓子很好,高亮圆厚,底气很足。《拾画叫画》《八阳》《三醉》《琵琶记·辞朝》《迎像哭像》……都唱得慷慨淋漓,非常有感情。用现在的说法,他唱曲子是很"投入"的。

他主攻的学问是什么,我不了解。他是刘文典的学生,好像研究过《淮南子》。据说他的旧诗写得很好,我没有见过。他的字写得很好,是写二王的。我见过他为刘文典的《〈淮南子〉校注》石印本写的扉页的书题,极有功力。还见过他为一个同学写的小条幅,是写在桃红底子的冷金笺上的,三行:

故园东望路漫漫,
双袖龙钟泪不干。
马上相逢无纸笔,
凭君传语报平安。

字有《圣教序》笔意。选了这首唐诗,大概是有所感的,那时已是抗战胜利,联大的老师、同学都作北归之计,他还要滞留云南。他常有感伤主义的气质,触景生情是很自然的。

他留在云南大学教书。我们北上后不大知道他的消息。听说经刘文典做媒,和一个唱滇戏的女演员结了婚。后来好像又离了。滇戏演员大概很难欣赏这位才子。

新中国成立前他去了台湾,大概还是教书。后在台湾客死,遗诗一卷。我总觉得他在台湾是寂寞的。

陆

真抱歉,我连他的真名都想不起来了。和他同时期的研究生都叫他"小陆克"。陆克是二十世纪三十年代美国滑稽电影明星。叫他小陆克是没有道理的。他没有哪一点像陆克,只是因为他姓陆。长脸,个儿很高。两腿甚长,走起路来有点打晃。这个人物有点传奇性,他曾经徒步旅行了大半个中国。所以能完成这一壮举,大概是因为他腿长。

他在云南大学附近的一所中学——南英中学兼一点课,我也在南英中学教一班国文,联大同学在中学兼课的很多,这样我们就比较熟了。他的特点是一天到晚泡茶馆,可称为联大泡茶馆的冠军。他把脸盆、毛巾、牙刷都放在南英中学下坡对面的一家茶馆里,早起到茶馆洗脸,然后泡一碗茶,吃两个烧饼。他的手指特别长,拿烧饼的姿势是兰花手。吃了烧饼就喝茶看书。他好像是历史系的研究生,所看的大都是很厚的外文书。中午,出去随便吃点东西,回来重要一碗茶,接着泡。看书,整个下午。晚上出去吃点东西，回来接着泡。一直到灯火阑珊，才挟了厚书回南英中学睡觉。他看了那么多书，可是一直没见他写过什么东西。联大的研究生、高年级的学生，在茶馆里喜欢高谈阔论，他只是在一边听着，不发表他的见解。他到底有没有才华？我想是有的。也许他眼高手低？也许天性羞涩，不爱表现？

他后来到了重庆，听说生活很潦倒，到了吃不上饭的地步。终于死在重庆。

朱南铣

朱南铣是个怪人。我是通过朱德熙和他认识的。德熙和他是中学同学。他个子不高，长得很清秀，一脸聪明相，一看就是江南人。研究生都很佩服他，因为他外文、古文都很好，很渊博。他和另外几个研究生被人称为"无锡学派"，无锡学派即钱锺书学派，其特点是学贯中西、博闻强记。他是念哲学的，可是花了很长时间钻研滇西地理。

他家在上海开钱庄，他有点"小开"脾气。我们几个人：朱德熙、王逊、徐孝通常和他一起喝酒。昆明的小酒铺都是窄长的小桌子，盛酒的是莲蓬大的绿陶小碗，一碗一两。朱南铣进门，就叫"摆满"，排得一桌酒碗。他最讨厌在吃饭时有人在后面等座。有一天，他和几个人快吃完了，后面的人以为这张桌子就要空出来了，不料他把堂倌叫来："再来一遍！"——把刚才上过的菜原样再上一次。

他只看外文和古文的书，对时人著作一概不看。我和德熙到他家开的钱庄去看他，他正躺在藤椅上看方块报，说："我不看那些学术文章，有时间还不如看看方块报。"

他请我们几个人到老正兴吃螃蟹喝绍兴酒。那天他和我都喝得大醉，回不了家，德熙等人把我们两人送到附近一家小旅馆睡了一夜。德熙后来跟我说："你和他喝酒不能和他喝得一样多。如果跟他喝得一样多，他一定还要再喝。"这人非常好胜。

他后来在人民文学出版社当编辑，研究《红楼梦》。

听说，他在咸宁干校，有一天喝醉酒，掉到河里淹死了。

他没有留下什么著作。他把关于《红楼梦》的独创性的见解都随手记在一些香烟盒上。据说有人根据他在香烟盒子上写的一两句话写了很重要的论文。

地质系同学

西南联大各系的学生各有特点，中文系的不衫不履，带点名士气。工学院的同学挟着画图板、丁字尺，一个个全像候补工程师。从法律系二三年级的学生身上已经可以看出一位名律师或大法官的影子。商学系的同学很实际，他们不爱幻想。从举止、动作、谈吐上，大体上可以勾画出我们的同学可能经历的人生道路。但这只是相对而言，比较而言，不能像矿物一样可以用光谱测定。比如，有一个比我高两班的同学，读了四年工学院，毕业后又考进文学研究所做哲学研究生，由实入虚，你说他该是什么风度呢？不过地质系的学生身上共同的特点是比较显著的。

首先，他们的身体都很好。学地质的没有好身体是不行的。学校对报考地质系的考生的体检要求特别严格。搞地质不能只在实验室里搞，大部分时间要从事野外作业，走长路，登高山（据我所知现在的中国登山队的运动员有两位原来是读地质的），还要背很重的矿石，经常要风餐露宿，生活条件很艰苦，身体差一点是吃不消的。地质系的男同学大都身材较高，挺拔英俊，女同学身体也很好。他们大都是运动员，打篮球、排球，是系队、校队的代表。从仪表上说，他们都有当电影明星的潜质。

他们的价值观念是清楚的。他们对自己所选择的学业和事业的道路是肯定的。他们没有彷徨、犹豫、困惑。从一开头就有一种奉献精神——学地质是不可能升官发财的。他们充分认识到他们的工作对于国家的意义，一般说来，他们的祖国意识比别的系的同学更强烈，更实在。

他们都很用功。学地质，理科的底子，数学、物理、化学都要比较好。但是比较特别的是，他们除了本门科学，对一般文化，包括文学艺术，也有广泛的兴趣。因此地质系的同学大都文质彬彬，气度潇洒，毫无鄙俗之气，是一些名副其实的"知识分子"。地质系同学在学校时就做出了很大成绩。云南地方曾出了厚厚的一本《云南矿产调查》，就是西南联大地质系师生合作搞出来的。

他们从野外作业列队归来，穿着夹克，背着厚帆布背包，足蹬厚底翻皮长靴，或是平常穿了干净的蓝布长衫（地质系的学生都爱干净），在学校的土路从容走着，我都有好感，对他们很欣赏。

其实我所认识的地质系的同学不多，一共只有四个，都是一九三九年入学，四三班的，和我一个班级。

比较熟识的是马杏垣。我对马杏垣有较深的印象不是由于对他的专业学识有所了解，而是因为他会刻木刻。联大当时没有人刻木刻，一个学地质的刻木刻尤其稀罕。马杏垣曾参加曾昭抡先生所率领的康藏考察团到过一趟西藏，回来在壁报上发表了他的一系列铅笔速写和木刻。他发表木刻用的笔名是"马蹄"，有时用两个英文缩写字母"M. T."。他的木刻作品偶尔在昆明的报刊上也发表过。据我看，他的木刻是很有风格、很不错的。如果他不学地质而学美术，我相信也会成为一个优秀的画家、木刻家的。多才多艺，是联大许多搞自然科学的教授、学生的一个共同的特点。

马杏垣毕业后到美国留学。

一九四八年，我在北京午门的历史博物馆工作，有一天来了一位参观的上岁数的人，河北丰润一带的口音，他不知怎么知道我是西南联大的，问我认识不认识马杏垣，我说认识。他说他是马杏垣的父亲。于是跟我滔滔不绝地谈起马杏垣，他说了些什么，我已经不记得，只记得老人家很为他这个现在美国的儿子感到骄傲。是呀，有这样的儿子，是值得骄傲。马杏垣回国后在地质研究所工作，曾任所长，后来听说担任名誉所长。木刻，我想，大概是不刻了。

第二个是杨起。他是杨振声先生的儿子。杨先生是我的老师。我在杨先生处见过他。他长得很像杨先生。他是蓬莱人，个头很高，一个典型的山东大汉，文雅的、谦虚的山东大汉。他给我的印象是非常谦虚，一种从里到外的谦虚。他知道我是杨先生比较喜欢的学生，因此在校舍的土路上相逢，都很亲切地点头招呼。

还有一个是欧大澄。我不知道怎么和他认识的,可能是由于我的一个同系同班的同学和他是中学同学,他和这个同学常相过从,我和他也就熟识了。在我的印象里他是喜爱音乐的。我不能确记着他是会拉提琴、弹吉他,或吹口琴。但是他很能欣赏西洋古典音乐,这一印象我想没有错。即使记错了,我觉得他身上有一种古典音乐熏陶出来的气质,这一点不会错。

杨起、欧大澄,现在都不知道在哪里。

因为认识欧大澄,这样也就对郝贻纯有些印象。因为她常和欧大澄在一起走。郝贻纯在女同学里是长得好看的,但是她从来不施脂粉(我们的女同学有一些是非常"捯饬"的,每天涂了很重的口红去听课),淡雅素朴,落落大方。她好像也是打排球的。

郝贻纯这几年参与了一些政治活动。我不知道她是人大代表还是全国政协委员,好像还是全国妇联的委员。人大、政协、妇联有这样的委员,似乎这些会还有点开头。郝贻纯是彻底"从政"了,还是还没有放弃她的本行?

我的地质系的同学,年龄和我不相上下,都已经过了七十了。他们大概是离、退休了。但是我很知道,他们会是离而不休、退而不休的。他们大概都还在查资料、写论文,在培养博士生、硕士生,不会是听鸟养花、优游终老的。

中国的知识分子是多好的知识分子呀!

蔡德惠

我与蔡德惠君说不上什么交情，只是我很喜欢他这个人。同在联大新校舍住了几年，彼此似乎是毫不往来。他不大声说话，也没有引人留意的举动。除了他系里学术的集会，他大概是很少参加人多的场合（我印象如此，许是错了，也未可知），我们那个时候认得他的人恐怕不多。我只记得有一次，一个假日，人多出去了，新校舍显得空空的，树木特别的绿，他一个人在井边草地上洗衣服，一脸平静自然，样子非常好。自此他成为我一个不能忘去的人。他仿佛一直是如此。既是一个人，照理都有忧苦激愤，感情失常的时候，蔡君短短一生中自必也见过遇过若干足以扰乱他的事情，我与他相知甚浅，不能接触到他生活的全面，无由知道。凡我历次所见，他都是对世界布满温情、平静而自然的样子。我相信他这样的时候最多。也不知怎的一来，彼此知道名字，路上见到也点点头。他人颇瘦小，精神还不错。

我离开联大到昆明乡下一个中学去教书，就不大再见到他。学校同事中也有熟识他的人，可谈话中未听到提过他的名字。想是他们以为我不认得他。再，他人极含蓄，一身也无甚"故事"

可以作谈话资料,或说无甚可以作为谈话资料的故事。我就知道他在生物系书读得极好,毕业后研究植物分类学,很有希望。研究室在什么地方,我亦熟悉,他大概经常在里面工作。有一次学校里教生物的两个先生告诉我要带学生出去看一次,问我兴奋不兴奋去走走,说:"蔡德惠也来的。"果然没几天他就来了。带了一大队学生出去,大家都围着他,随便掐一片叶子,找一朵花,问他,他都娓娓地说出这东西叫什么,生活情形、分布情形如何,有个什么故事与这有关,哪一篇诗里提到过它。说话还是轻轻的,温和清楚。现在想起来,当时不觉得,他似乎比以前更瘦了些。是秋天,野地里开了许红白蓼花。他似乎是穿了一件灰色长衫。

　　后来,有一次,雨季,我到联大去。太阳一收,雨忽然来了,相当地大,当时正走过他的研究室,心想何不进去看看。一推门就进去了,我来,他毫不觉得突兀。稍为客气地接待我。仿佛谁都可以推开他的门进去的一样。一进门我就看见他墙上一只蛾子,颜色如红宝石,略有黑色斑纹。他指点给我看,说了一些关于蛾蝶的事。他四壁都是植物标本,层层叠叠,尚待整理。他说有好些都是从滇西采来的。拿出好些东西给我看,都极其特殊。他让我拣两样带回去玩,我挑了几片木蝴蝶。这几片东西一直夹在我一本达尔文的书里,有一天还翻出来过。现在那本书丢在昆明,若有人翻出,大概不知道它是什么玩意,更无从想象是如何得来的了。那天他说话依然极其平和,如说家常,无一分讲堂气。但有一种隐隐的热烈,他把感情都倾注在工作上了,真是一宗爱的事业。

天晴了,我们出来,在他手营的小花圃里看看。花圃最亮的一块是金蝶花,正在盛开,黄闪闪的。几丛石竹,则在深深的绿色之中郁的红。新雨之后,草头全是水珠。我停步于土墙上一方白色之前,他说:"是个日规。"所谓日规,是方方的涂了一块石灰,大小一手可掩,正中垂直于墙面插了一支竹钉。看那根竹钉的影子,知道是什么时候了。不知什么道理,这东西教人感动,蔡君平时在室内工作,大概经常要出来看一看墙上的影子的吧。我离开那间绿荫深蔽的房子不到几步,已经听到打字机嗒嗒地响起来。

这以后我就一直没有见过他。偶然因为一件小事,想起这么一个沉默谦和的人品,那么庄重认真地工作,觉得人世甚不寂寞,大有意思。

忽然有一天,朋友告诉我:"蔡德惠进了医院,已经不行了,肺差不多烂完了,一点办法都没有,明天,最多是后天的事情。"

"以前没听说他有病呀?"

"是呢,一直没发现。一定很久了,不知道他自己怎么没觉得,一来就吐了血,送医院一检查……"

当时我竟未到医院里去看看他。过两天,有人通知我什么时候在联大新校舍后面的坟场上火化,我又糊里糊涂没有去参加。

现在人死了已近半年，大家都离开云南，我又不知道他孤坟何处，在上海这个人海之中，却又因为一件小事而想起他来，所以写了这篇短文，遥示悼念。希望他生前朋友能够见到。

我离开云南较晚，走之前曾到联大看过几次。那间研究室锁着锁，外面藤萝密密遮满木窗，小花圃已经零落，犹有几枝残花在寂静中开放，草长得非常非常高。哪个日规好好的在，雪白，竹钉影子斜斜的落在右边。——这样的结尾，不免俗套，近乎完成一个文章格局，虽如此说，只好由他了。原说过，是想给德惠生前朋友看看的。

星斗其文，赤子其人
——怀念沈从文老师

沈先生逝世后，傅汉斯、张充和从美国电传来一副挽词。字是晋人小楷，一看就知道是张充和写的。词想必也是她拟的。只有四句：

不折不从　亦慈亦让

星斗其文　赤子其人

这是嵌字格，但是非常贴切，把沈先生的一生概括得很全面。这位四妹对三姐夫沈二哥真是非常了解——荒芜同志编了一本《我所认识的沈从文》，写得最好的一篇，我以为也应该是张充和写的《三姐夫沈二哥》。

沈先生的血管里有少数民族的血液。他在填履历表时，"民族"一栏里填土家族或苗族都可以，可以由他自由选择。湘西有少数民族血统的人大都有一股蛮劲、狠劲，做什么都要做出一个名堂。黄永玉就是这样的人。沈先生瘦瘦小小（晚年发胖了），但是有用不完的精力。他小时是个顽童，爱游泳（他叫"游水"）。进城后好像就不游了。三姐（师母张兆和）很想看他游一次泳，但是没有看到。我当然更没有看到过。他少年当兵，漂泊转徙，很少连续几晚睡在同一张床上。吃的东西，最好的不过是切成四方的大块猪肉（煮在豆芽菜汤里）。行军、拉船，锻炼出一副极富耐力的体魄。二十岁冒冒失失地闯到北平来，举目无亲。连标点符号都不会用，就想用手中一支笔打出一个天下。经常为弄不到一点东西"消化消化"而发愁。冬天屋里生不起火，用被子围起来，还是不停地写。我一九四六年到上海，因为找不到职业，情绪很坏，他写信把我大骂了一顿，说："为了一时的困难，就这样哭哭啼啼的，甚至想到要自杀，真是没出息！你手中有一支笔，怕什么！"他在信里说了一些他刚到北平时的情形，同时又叫三姐从苏州写了一封很长的信安慰我。他真的用一支笔打出了一个天下了。一个只读过小学的人，竟成了一个大作家，而且积累了那么多的学问，真是一个奇迹。

　　沈先生很爱用一个别人不常用的词："耐烦"。他说自己不是天才（他应当算是个天才），只是耐烦。他对别人的称赞，也常说"要算耐烦"。看见儿子小虎搞机床设计时，说"要算耐烦"。看见孙女小红做作业时，也说"要算耐烦"。他的"耐烦"，意思就是锲而不舍，不怕费劲。一个时期，沈先生每个月都要发表几篇小说，每年都要出几本书，被称为"多产作家"，但他写东西不是很快的，从来不是一挥而就。他年轻时常常夜以继日地写。他常流鼻血。血液凝聚力差，一流起来不易止住，很怕人。有时夜间写作，竟致晕倒，伏在自己的一摊鼻血里，第二天才被人发现。我就亲眼看到过他的带有鼻血痕迹的手稿。他后来还常流鼻血，不过不那么厉害了。他自己知道，并不惊慌。很奇怪，他连续感冒几天，一流鼻血，感冒就好了。他的作品看起来很轻松自如，若不经意，但都是苦心刻琢出来的。《边城》一共不到七万字，他告诉我，写了半年。他这篇小说是《国闻周报》上连载的，每期一章。小说共二十一章，21×7=147，我算了算，差不多正是半年。这篇东西是他新婚之后写的，那时他住在达子营。巴金住在他那里。他们每天写，巴老在屋里写，沈先生搬个小桌子，在院子里树荫下写。巴老写了一个长篇，沈先生写了《边城》。他称他的小说为"习作"，并不完全是谦虚。有些小说是为了教创作课给学生示范而写的，因此试验了各种方法。为了教学生写对话，有的小说通篇都用对话组成，如《若墨医生》；有的，一句对话也没有。《月下小景》确是为了履行许给张家小五的诺言"写故事给你看"而写的。同时，当然是为了试验一下"讲故事"的方法（这一组"故事"明显地看得出受了《十日谈》和《一千零一夜》的影响）。同时，也为了试验一下把六朝译经和口语结合的文体。这种试验，后来形成一种他自己说是"文白夹杂"的独特的沈从文体，在二十世纪四十年代的文字（如《烛虚》）中尤为成熟。他的亲戚、语言学家周有光曾说"你的语言是古英语"，甚至是拉丁文。沈先生讲创作，不大爱说"结构",他说是"组织"。我也比较喜欢"组织"这个词。"结构"过于理智,"组织"更带感情,较多作者的主观。他曾把一篇小说一条一条地裁开,用不同方法组织,看看哪一种形式更为合适。沈先生爱改自己的文章。他的原稿,一改再改,天头地脚页边,都是修改的字迹,蜘蛛网似的,这里牵出一条,那里牵出一条。作品发表了,改。成书了,改。看到自己的文章,总要改。有时改了多次,反而不如原来的,以至三姐后来不许他改了(三姐是沈先生文集的一个极其细心、极其认真的义务责任编辑)。沈先生的作品写得最快、最顺畅、改得最少的,只有一本《从文自传》。这本自传没有经过冥思苦想,只用了三个星期,一气呵成。

他不大用稿纸写作。在昆明写东西,是用毛笔写在当地出产的竹纸上的,自己折出印子。他也用钢笔,蘸水钢笔。他抓钢笔的手势有点像抓毛笔(这一点可以证明他不是洋学堂出身)。《长河》就是用钢笔写的,写在一个硬面的练习簿上,直行,两面写。他的原稿的字很清楚,不潦草,但写的是行书。不熟悉他的字体的排字工人是会感到困难的。他晚年写信写文章爱用秃笔淡墨。用秃笔写那样小的字,不但清楚,而且顿挫有致,真是一个功夫。

他很爱他的家乡。他的《湘西》《湘行散记》和许多篇小说可以做证。他不止一次和我谈起棉花坡,谈起枫树坳——一到秋天满城落了枫树的红叶。一说起来,不胜神往。黄永玉画过一张凤凰沈家门外的小巷，屋顶墙壁颇零乱，有大朵大朵的红花——不知是不是夹竹桃，画面颜色很浓，水汽泱泱。沈先生很喜欢这张画，说："就是这样！"八十岁那年，和三姐一同回了一次凤凰，领着她看了他小说中所写的各处，都还没有大变样。家乡人闻知沈从文回来了，简直不知怎样招待才好。他说："他们为我捉了一只锦鸡！"锦鸡毛羽很好看，他很爱那只锦鸡，还抱着它照了一张相，后来知道竟做了他的盘中餐，对三姐说"真煞风景！"锦鸡肉并不怎么好吃。沈先生说及时大笑，但也表现出对乡人的殷勤十分感激。他在家乡听了傩戏，这是一种古调犹存的很老的弋阳腔。打鼓的是一位七十多岁的老人，他对年轻人打鼓失去旧范很不以为然。沈先生听了，说："这是楚声，楚声！"他动情地听着"楚声"，泪流满面。

沈先生八十岁生日，我曾写了一首诗送他，开头两句是：

犹及回乡听楚声，
此身虽在总堪惊。

端木蕻良看到这首诗，认为"犹及"二字很好。我写下来的时候就有点觉得这不大吉利，没想到沈先生再也不能回家乡听一次了！他的家乡每年有人来看他，沈先生非常亲切地和他们谈话，一坐半天。每当同乡人来了，原来在座的朋友或学生就只有退避在一边，听他们谈话。沈先生很好客，朋友很多。老一辈的有林宰平、徐志摩。沈先生提及他们时充满感情。没有他们的提挈，沈先生也许就会当了警察，或者在马路旁边"瘪了"。我认识他后，他经常来往的有杨振声、张奚若、金岳霖、朱光潜诸先生，梁思成林徽因夫妇。他们的交往真是君子之交，既无朋党色彩，也无酒食征逐。清茶一杯，闲谈片刻。杨先生有一次托沈先生带信，让我到南锣鼓巷他的住处去，我以为有什么事。去了，只是他亲自给我煮一杯咖啡，让我看一本他收藏的姚茫父的册页。这册页的芯子只有火柴盒那样大，横的，是山水，用极富金石味的墨线勾轮廓，设极重的青绿，真是妙品。杨先生对待我这个初露头角的学生如此，则其接待沈先生的情形可知。杨先生和沈先生夫妇曾在颐和园住过一个时期，想来也不过是清晨或黄昏到后山谐趣园一带走走，看看湖里的金丝莲，或写出一张得意的字来，互相欣赏欣赏，其余时间各自在屋里读书做事，如此而已。沈先生对青年的帮助真是不遗余力。他曾经自己出钱为一个诗人出了第一本诗集。一九四七年，诗人柯原的父亲故去，家中拉了一笔债，沈先生提出卖字来帮助他。《益世报》登出了沈从文卖字的启事，买字的可定出规格，而将价款直接寄给诗人。柯原一九八〇年去看沈先生，沈先生才记起有这回事。他对学生的作品细心修改，寄给相熟的报刊，尽量争取发表。他这辈子为学生寄稿的邮费，加起来是一个相当可观的数字。抗战时期，通货膨胀，邮费也不断涨，往往寄一封信，信封正面反面都得贴满邮票。为了省一点邮费，沈先生总是把稿纸的天头地脚页边都裁去，只留一个稿芯，这样分量轻一点。稿子发表了，稿费寄来，他必为亲自送去。李霖灿在丽江画玉龙雪山，他的画都是寄到昆明，由沈先生代为出手的。我在昆明写的稿子，几乎无一篇不是他寄出去的。一九四六年，郑振铎、李健吾先生在上海创办《文艺复兴》，沈先生把我的《小学校的钟声》和《复仇》寄去。这两篇稿子写出已经有几年，当时无地方可发表。稿子是用毛笔楷书写在学生作文的绿格本上的，郑先生收到，发现稿纸上已经叫蠹虫蛀了好些洞，使他大为激动。沈先生对我这个学生是很喜欢的。为了躲避日本飞机空袭，他们全家有一阵住在呈贡新街，后迁跑马山桃源新村。沈先生有课时进城住两三天。他进城时，我都去看他。交稿子，看他收藏的宝贝，借书。沈先生的书是为了自己看，也为了借给别人看的。"借书一痴，还书一痴"，借书的痴子不少，还书的痴子可不多。有些书借出去一去无踪。有一次，晚上我喝得烂醉，坐在路边，沈先生到一处演讲回来，以为是一个难民，生了病，走近看看，是我！他和两个同学把我扶到他住处，灌了好些酽茶，我才醒过来。有一回我去看他，牙疼，腮帮子肿得老高。沈先生开了门，一看，一句话没说，出去买了几个大橘子抱着回来了。沈先生的家庭是我见到的最好的家庭，随时都在亲切和谐气氛中。两个儿子，小龙小虎，兄弟怡怡。他们都很高尚清白，无丝毫庸俗习气，无一句粗鄙言语——他们都很幽默，但幽默得很温雅。一家人于钱上都看得很淡。《沈从文文集》的稿费寄到，九千多元，大概开过家庭会议，又从存款中取出几百元，凑成一万，寄到家乡办学。沈先生也有生气的时候，也有极度烦恼痛苦的时候，在昆明、在北京，我都见到过，但多数时候都是笑眯眯的。他总是用一种善意的、含情的微笑，来看这个世界的一切。到了晚年，喜欢放声大笑，笑得合不拢嘴，且摆动双手作势，真像一个孩子。只有看破一切人事乘除，得失荣辱，全置度外，心地明净无渣滓的人，才能这样畅快地大笑。

沈先生二十世纪五十年代后放下写小说散文的笔（偶然还写一点，笔下仍极活泼，如写纪念陈翔鹤文章，实写得极好），改业钻研文物，而且钻出了很大的名堂，不少中国人、外国人都很奇怪。实不奇怪。沈先生很早就对历史文物有很大兴趣。他写的关于展子虔《游春图》的文章，我以为是一篇重要文章，从人物服装颜色式样考订图画的年代的真伪，是别的鉴赏家所未注意的方法。他关于书法的文章，特别是对宋四家的看法，很有见地。在昆明，我陪他去遛街，总要看看市招，到裱画店看看字画。昆明市政府对面有一堵大照壁，写满了一壁字（内容已不记得，大概不外是总理遗训），字有七八寸见方大，用二爨掺一点北魏造像题记笔意，白墙蓝字，是一位无名书家写的，写得实在好。我们每次经过，都要去看看。昆明有一位书法家叫吴忠荩，字写得极多，很多人家都有他的字，家家裱画店都有他的刚刚裱好的字。字写得很熟练，行书，只是用笔枯扁，结体少变化。沈先生还去看过他，说"这位老先生写了一辈子字"！意思颇为他水平受到限制而惋惜。昆明碰碰撞撞都可见到黑漆金字抱柱楹联上钱南园的四方大颜字，也还值得一看。沈先生到北京后即喜欢搜集瓷器。有一个时期，他家用的餐具都是很名贵的旧瓷器，只是不配套，因为是一件一件买回来的。他一度专门搜集青花瓷。买到手，过一阵就送人。西南联大好几位助教、研究生结婚时都收到沈先生送的雍正青花的茶杯或酒杯。沈先生对陶瓷赏鉴极精，一眼就知是什么朝代的。一个朋友送我一个梨皮色釉的粗瓷盒子，我拿去给他看，他说："元朝东西，民间窑！"有一阵搜集旧纸，大都是乾隆以前的。多是染过色的，瓷青的、豆绿的、水红的，触手细腻到像煮熟的鸡蛋白外的薄皮，真是美极了。至于茧纸、高丽发笺，那是凡品了。（他搜集旧纸，但自己舍不得用来写字。晚年写字用糊窗户的高丽纸，他说："我的字值三分钱。"）

在昆明，搜集了一阵耿马漆盒。这种漆盒昆明的地摊上很容易买到，且不贵。沈先生搜集器物的原则是"人弃我取"。其实这种竹胎的，涂红、黑两色漆，刮出极繁复而奇异的花纹的圆盒是很美的。装点心、装花生米、装邮票杂物均合适，放在桌上也是个摆设。这种漆盒也都陆续送人了。客人来，坐一阵，临走时大都能带走一个漆盒。有一阵研究中国丝绸，弄到许多大藏经的封面，各种颜色都有：宝蓝的、茶褐的、肉色的，花纹也是各式各样。沈先生后来写了一本《中国丝绸图案》。有一阵研究刺绣。除了衣服、裙子，弄了好多扇套、眼镜盒、香袋。不知他是从哪里"寻摸"来的。这些绣品的针法真是多种多样。我只记得有一种绣法叫"打子"，是用一个一个丝线疙瘩缀出来的。他给我看一种绣品，叫"七色晕"，用七种颜色的绒绣成一个团花，看了真叫人发晕。他搜集、研究这些东西，不是为了消遣，是从发现、证实中国历史文化的优越这个角度出发的，研究时充满感情。我在他八十岁生日写给他的诗里有一联：

玩物从来非丧志，
著书老去为抒情。

这全是纪实。沈先生提及某种文物时常是赞叹不已。马王堆那副不到一两重的纱衣，他不知说了多少次。刺绣用的金线原来是盲人用一把刀，全凭手感，就金箔上切割出来的。他说起时非常感动。有一个木俑（大概是楚俑）一尺多高，衣服非常特别：上衣的一半（连同袖子）是黑色，一半是红的；下裳正好相反，一半是红的，一半是黑的。沈先生说："这真是现代派！"如果照这样式（一点不用修改）做一件时装，拿到巴黎去，由一个长身细腰的模特儿穿起来，到表演台上转那么一转，准能把全巴黎都"震"了！他平生搜集的文物，在他生前全都分别捐给了几个博物馆、工艺美术院校和工艺美术工厂，连收条都不要一个。

沈先生自奉甚薄，穿衣服从不讲究。他在《湘行散记》里说他穿了一件细毛料的长衫，这件长衫我可没见过。我见他时总是一件洗得褪了色的蓝布长衫，夹着一摞书，匆匆忙忙地走。新中国成立后是蓝卡其布或涤卡的干部服，黑灯芯绒的"懒汉鞋"。有一年做了一件皮大衣（我记得是从房东手里买的一件旧皮袍改制的，灰色粗线呢面），他穿在身上，说是很暖和，高兴得像一个孩子。吃得很清淡。我没见他下过一次馆子。在昆明，我到文林街二十号他的宿舍去看他，到吃饭时总是到对面米线铺吃一碗一角三分钱的米线。有时加一个西红柿，打一个鸡蛋，超不过两角五分。三姐是会做菜的，会做八宝糯米鸭，炖在一个大砂锅里，但不常做。他们住在中老胡同时，有时张充和骑自行车到前门月盛斋买一包烧羊肉回来，就算加了菜了。在小羊宜宾胡同时，常吃的不外是四川的炒菜头、炒茨菇。沈先生爱吃慈姑，说"这个好，比土豆'格'高"。他在《从文自传》中说他很会炖狗肉，我在昆明、在北京都没见他炖过一次。有一次他到他的助手王亚蓉家去，先来看看我（王亚蓉住在我们家马路对面——他七十多了，血压高到二百多，还常为了一点研究资料上的小事到处跑），我让他过一会儿来吃饭。他带来一卷画，是古代马戏图的摹本，实在是很精彩。他非常得意地问我的女儿："精彩吧？"那天我给他做了一只烧羊腿、一条鱼。他回家一再向三姐称道："真好吃。"他经常吃的荤菜是：猪头肉。

他的丧事十分简单。他凡事不喜张扬，最反对搞个人的纪念活动。反对"办生做寿"。他生前累次嘱咐家人，他死后，不开追悼会，不举行遗体告别。但火化之前，总要有一点仪式。新华社消息的标题是沈从文告别亲友和读者，是合适的。只通知少数亲友。——有一些景仰他的人是未接通知自己去的。不收花圈，只有约二十多个布满鲜花的花篮，很大的白色的百合花、康乃馨、菊花、菖兰。参加仪式的人也不戴纸制的白花，但每人发给一枝半开的月季，行礼后放在遗体边。不放哀乐，放沈先生生前喜爱的音乐，如贝多芬的"悲怆"奏鸣曲等。沈先生面色如生，很安详地躺着。我走近他身边，看着他，久久不能离开。这样一个人，就这样地去了。我看他一眼，又看一眼，我哭了。

沈先生家有一盆虎耳草，种在一个椭圆形的小小钧窑盆里。很多人不认识这种草。这就是《边城》里翠翠在梦里采摘的那种草，沈先生喜欢的草。

怀念德熙

德熙原来是念物理系的,大学二年级,才转到中文系来。他的数学底子很好。这样,他才能和王竹溪先生合作,测定一件青铜器的容积。

我和德熙大一时就认识。我们的认识是因为在一起唱京剧。有时也一同去看厉家班的戏。后来云南大学组织了一个曲社,我们一起去拍曲子,做"同期",几乎一次不落。我后来不唱昆曲了,德熙是一直唱着的。他的爱好影响了他的夫人何孔敬。他们到美国去,我想是会带了一支笛子去的。

德熙不藏字画。他家里挂着的只有一条齐白石的水印木刻梨花,和我给他画的墨菊横幅。他家里没有什么贵重的摆设,但是窗明几净,一尘不染,瓶花灯罩朴朴素素,位置得宜,表现出德熙一家的审美趣味。

同时具备科学头脑和艺术家的气质,我以为是德熙能在语言学、古文字学上取得很大成绩的优越条件。也许这是治人文科学的学者都需要具备的条件。

德熙的治学,完全是超功利的。在大学读书时生活清贫,但是每日孜孜，手不释卷。后来在大学教书，还兼了行政职务，往来的国际、国内学者又多，很忙，但还是不疲倦地从事研究写作。我每次到他家里去，总看到他的书桌上有一篇没有写完的论文，摊着好些参考资料和工具书。研究工作，在他是辛苦的劳动，但也是一种超级的享受。他所以乐此不疲，我觉得，是因为他随时感受到语言和古文字的美。一切科学，到了最后，都是美学。德熙上课，是很能吸引学生的。我听过不止一个他的学生说过：语法本来是很枯燥的，朱先生却能讲得很有趣味，常常到了吃饭的钟声响了，学生还舍不得离开。为什么能这样？我想是德熙把他对于语言，对于古文字的美感传染给了学生。感受到工作中的美，这样活着，才有意思。

德熙是个感情不甚外露的人，但是，是一个很有感情的人。他对家人子女，第三代，都怀有一种含蓄，温和，但是很深的爱。对青年学者也是如此。我不止一次听他谈起过裘锡圭先生，语气是发现了一个天才。"君有奇才我不贫"，德熙就是这样对待后辈的。

德熙对师长是很尊敬的，对唐立厂先生、王了一先生、吕叔湘先生，都是如此。他后来是国际知名的学者了，但没有一般的"后起之秀"的傲气。我没有听他说过一句对于前辈的刻薄话。

德熙乐于助人，师友中遇有困难，德熙总设法帮助他"解决问题"。因此他的人缘很好。不少人提起德熙，都说"朱德熙人很好"。一个人被人说是"人很好"并不容易。我以为这是最高的称赞。

德熙今年七十二岁（他、李荣和我是同年），按说寿数也不算短，但是他还有许多工作可以做，他应该再过几年清闲安静的日子，遽然离去，叫人不得不感到非常遗憾。

书《寂寞》后

深宵读《寂寞》,心情紧恻,附近一点声音都没有,想起瑞娟的许多事情,想起她的死,想起她住过的屋子,就离这里不远,逐渐有点不能自持起来。人在过度疲倦中,一切状态每有与白日不同者。骤然而来的一阵神经紧张过去,我拿起原稿,这才发现,刚才只看本文,没有注意题目,为什么是《寂寞》呢?全文字句的意义也消失脱散了,只有这两个字坚实地留下来,在我的头里,异常地重。

瑞娟的死已经证明。这一阵子常常想起来,觉得凄凉而纳闷。为什么要死呢?我不知道她毕竟因为什么而死,而且以为根本不应当去知道。我认识瑞娟大概是民国三十三年,往来得比较多是她结婚前后。她长得瘦削而高,说话声音也高——并不是大,话说得快,走路也快。联大路上多有高过人头的树,有时看她才在这一棵树那里,一晃一下,再一看,她已经在那一头露出身子了,超过了一大截子路,我们在两条平行的路上走。她一进屋,常常是高声用一个"哎呀"作为招呼,也作为她急于要说的话的开头。她喜欢说"急煞了""等煞了""寻煞了"之类短促句子，性子也许稍微有点急，但不是想象中的容易焦躁，不是那么不耐烦。大概说着这样的话的时候多半是笑，脸因为走路，也因为欢喜与高兴而发红了，而且是对很熟的人，表示她多想早点来，早点看见你们，或赶快做好了那件事。她总是有热心、有好意。而且热心与好意都是"无所谓"的，率直的，不太忖度收束，不措意，不人为的。说这是简单自然也可以。但凡跟她熟识的都无须提防警觉，可以放心把你整个人拿出来，永远不致有一点悔意。偶尔接触的，也从来没有人能挑剔她什么。谈起她和立丰，全都是由衷地惊叹："这——是好人，真的两个好人！"朋友中有时有点难有头绪的骚乱纠结，她没有办法——谁也没有办法！可是她真着急。她说的话，做的事或者全无意义，她自己有点恨她为什么不能深切地明白这一切到底是怎么一回事呢，可是她尽了她的心力。她的浪漫忧郁的气质都不太重，常是清醒而健康的。也许这点清醒和健康教那个在痛楚中的于疲倦中忽然恢复一点理智，觉得人生原来就是这个样子，不必太追求意义，而意义自然是有的，于是从而得到生活的力量与兴趣。她就会给你打洗脸水，擦擦镜子，问你穿哪一件衣服，准备好陪你去吃点东西或者上哪儿看电影去。

她自己当也有绊倒了的时候，因为一点挫折伤心事情弄得灰白软弱的时候，更熟的人知道那是什么样子，我们很少看见过。是的，她有一点伤感。说诚实话，她要是活着，我们也许会笑她的。她会为《红楼梦》的情节感动，为《祭妹文》心酸，她对苏曼殊还没有厌倦,她不忍心说大部分的词都是浅薄的。可是并不是很令人担忧的严重。而且只是在读书的时候,携入实际生活的似乎不多。她总是爽朗而坚强地生活下来。她甚至没有意识到自己的坚强,没有觉得这是一种美德。我们看她一直表现着坚强而从来没有说过这两个字,若有深意的,又委屈又自负地说过这两个字。她也希望生活得好一点,然而竟然如此了,也似乎本应如此。她爱她的丈夫,愿意他能安心研究,让他的聪明才智,尤其是他的谦和安静性情能尽量用于工作。她喜欢孩子。我在昆明还有时去看看他们,时才生了第一个。他们住在浙江同乡会一间房里,房子实在极糟,昏暗局促荒芜而古旧,庭柱阶石都驳落缺窜,灰垩油漆早已失去,院子里砖缝中生小草,窗上铰链锈得起了鳞,木头的气味,泥土的气味,浓烈而且永久,令人消沉怅惘,不能自已。然而她能在这里活得很起劲。她一面教书,一面为同乡会做一些琐屑猥杂到不可想象的事。一天到晚看她在外面跑来跑去,与纸烟店理发店打交道,——同乡会有房子租给人居住开店,这种事她也得管!与党部保甲军队打交道——一个"民众团体"直属或相关的机构有多少!编造名册,管理救济,跟同乡会老太太谈话,听她诉苦,安慰她,而且去给她想办法,给她去跑!她一天简直不知道跑多少路。

我记得她那一阵穿了一双暗红色的鞋子,底极薄,脚步仍是一样轻快匆忙。可是她并不疲倦,她用手掠上披下来的头发,高高兴兴地抱出孩子来给人看,看他的小床铺,小被褥,小披肩,小鞋子。提到她的生活,她做的事,语气中若有点称道,她还是用一个"哎呀"回答。这个"哎呀"不过不大同,声音低一点,"呀"字拖长,意思是"没有道理,别提它吧"。那种光景当然很难说是美满,但她实在是用一种力量维持了一个家庭的信心,教它不暗淡,不颓丧,在动乱中不飘摇惶恐。这也许是不足道的,有幻想的、智慧的、好看的女孩不愿或不屑做的。是的,但是这并不容易。用不着说崇高,单那点质朴实有不可及处。为了活下来,她做过许多卑微粗鄙的活计劳役,与她的身份全不相符的事,但都是正直而高贵去做,没有在她的良心上通不过的。——当然结果都是白赔力气,不见得有好处,她为她自己的时候实在太少了。

许多陈迹我们知道得少而虚浮,时期也短暂,只是很概念地想起来,若在立丰和她更亲近人,一定——都是悲痛的种子。她那么不矜持地想活,为什么放得下来了呢?从前我们常讨论死,讨论死的方式,好像极少听见她说过惊人的或沉重的话。到北平后的情形不大清晰,但这一个时候或者某一时刻会移变捩转她的素性么?人生有什么东西是诚然足以致命的,就在那一点上,不可挽回了?……这一切都近于费词,剩下的还是一句老话,愿她的灵魂安息吧。

瑞娟平生所写文章不多。我见过的很少。她的功力才分我都不大清楚。她并无以此立身名世之意,不过那样的生活竟然没有完全摧残她的兴趣,一直都还写一点,即使对别人都说不上什么太大意义，但这是一点都不妨害人的事情，她若还活着，也许还会写下去的。对她个人说起来，生命用这一个方式使用，无论如何，总应当有其价值。这一篇篇末所书日期是十二月，当是去年，距离现在不过五月。地点在北大东斋，是离平之前所写。手迹犹新，人已不在世上，她的朋友熟人若能看到，应当都有感慨的。

辑 二

西南联大的事

西南联大中文系

西南联大中文系的教授有清华的、有北大的。应该也有南开的。但是哪一位教授是南开的，我记不起来了。清华的教授和北大的教授有什么不同，我实在看不出来。联大的系主任是轮流坐庄。朱自清先生当过一段系主任。担任系主任时间较长的，是罗常培先生。学生背后都叫他"罗长官"。罗先生赴美讲学，闻一多先生代理过一个时期。在他们"当政"期间，中文系还是那个老样子，他们都没有一套"施政纲领"。事实上当时的系主任"为官清简"，近于无为而治。中文系的学风和别的系也差不多：民主、自由、开放。当时没有"开放"这个词，但有这个事实。中文系似乎比别的系更自由。工学院的机械制图总要按期交卷，并且要严格评分的；理学院要做实验，数据不能马虎。中文系就没有这一套。记得我在皮名举先生的"西洋通史"课上交了一张规定的马其顿帝国的地图，皮先生阅后，批了两行字："阁下之地图美术价值甚高，科学价值全无。"似乎这样也可以了。总而言之，中文系的学生更为随便，中文系体现的"北大"精神更为充分。

如果说西南联大中文系有一点什么"派",那就只能说是"京派"。西南联大有一本《大一国文》,是各系共同必修。这本书编得很有倾向性。文言文部分突出地选了《论语》,其中最突出的是《子路、曾皙、冉有、公西华侍坐》。"暮春者,春服既成,冠者五六人,童子六七人,浴乎沂,风乎舞雩,咏而归",这种超功利的生活态度,接近庄子思想的率性自然的儒家思想,对联大学生有相当深广的潜在影响。还有一篇李清照的《〈金石录〉后序》。一般中学生都读过一点李清照的词,不知道她能写这样感情深挚、挥洒自如的散文。这篇散文对联大文风是有影响的。语体文部分,鲁迅的选的是《示众》。选一篇徐志摩的《我所知道的康桥》,是意料中事。选了丁西林的《一只马蜂》,就有点特别。更特别的是选了林徽因的《窗子以外》。这一本《大一国文》可以说是一本"京派国文"。严家炎先生编中国流派文学史,把我算作最后一个"京派",这大概跟我读过联大有关,甚至是和这本《大一国文》有点关系。这是我走上文学道路的一本启蒙的书。这本书现在大概是很难找到了。如果找得到,翻印一下,也怪有意思的。

"京派"并没有人老挂在嘴上。联大教授的"派性"不强。唐兰先生讲甲骨文,讲王观堂(国维)、董彦堂(董作宾),也讲郭鼎堂(沫若)——他讲到郭沫若时总是叫他"郭沫(读如妹)若"。闻一多先生讲(写)过"擂鼓的诗人",是大家都知道的。

联大教授讲课从来无人干涉，想讲什么就讲什么，想怎么讲就怎么讲。刘文典先生讲了一年庄子，我只记住开头一句："《庄子》嘿，我是不懂的喽，也没有人懂。"他讲课是东拉西扯，有时扯到和庄子毫不相干的事。倒是有些骂人的话，留给我的印象颇深。他说有些搞校勘的人，只会说甲本作某、乙本作某——"到底应该作什么？"骂有些注解家，只会说甲如何说，乙如何说——"你怎么说？"他还批评有些教授，自己拿了一个有注解的本子，发给学生的是白文，"你把注解发给学生！要不，你也拿一本白文！"他的这些意见，我以为是对的。他讲了一学期《文选》，只讲了半篇木玄虚的《海赋》。好几堂课大讲"拟声法"。他在黑板上写了一个挺长的法国字，举了好些外国例子。

曾见过几篇老同学的回忆文章，说闻一多先生讲楚辞，一开头总是"痛饮酒，熟读《离骚》，乃可以为名士"。有人问我，"是不是这样？"是这样。他上课抽烟。上他的课的学生，也抽。他讲唐诗，不蹈袭前人一语。讲晚唐诗和后期印象派的画一起讲，特别讲到"点画派"。中国用比较文学的方法讲唐诗的，闻先生当为第一人。他讲《古代神话与传说》非常"叫座"。上课时连工学院的同学都穿过昆明城，从拓东路赶来听。那真是"满坑满谷"，昆中北院大教室里里外外都是人。闻先生把自己在整张毛边纸上手绘的伏羲女娲图钉在黑板上，把相当烦琐的考证，讲得有声有色，非常吸引人。还有一堂"叫座"的课是罗庸

（膺中）先生讲杜诗。罗先生上课，不带片纸。不但杜诗能背写在黑板上，连仇注都背出来。唐兰（立庵）先生讲课是另一种风格。他是教古文学的，有一年忽然开了一门"词选"，不知道是没有人教，还是他自己感兴趣。他讲"词选"主要讲《花间集》（他自己一度也填词，极艳）。他讲词的方法是：不讲。有时只是用无锡腔调念（实是吟唱）一遍："'双鬓隔香红，玉钗头上风'——好！真好！"这首词就pass（过）了。沈从文先生在联大开过三门课："各体文习作""创作实习""中国小说史"。沈先生怎样教课，我已写了一篇《沈从文先生在西南联大》，发表在《人民文学》上，兹不赘。他讲创作的精义，只有一句"贴到人物来写"。听他的课需要举一隅而三隅反，否则就会觉得"不知所云"。

联大教授之间，一般是不互论长短的。你讲你的，我讲我的。但有时放言月旦，也无所谓。比如唐立庵先生有一次在系办公室当着一些讲师助教，就评论过两位教授，说一个"集穿凿附会之大成"，一个"集啰唆之大成"。他不考虑有人会去"传小话"，也没有考虑这两位教授会因此而发脾气。

西南联大中文系教授对学生的要求是不严格的。除了一些基础课，如文字学（陈梦家先生授）、声韵学（罗常培先生授）要按时听课，其余的，都较随便。比较严一点的是朱自清先生的"宋诗"。他一首一首地讲，要求学生记笔记，背，还要定期考试，小考，大考。有些课，也有考试，考试也就是那么回事。一般都只是学期终了，交一篇读书报告。联大中文系读书报告不重抄书，而重有无独创性的见解。有的可以说是怪论。有一个同学交了一篇关于李贺的报告给闻先生，说别人的诗都是在白底子上画画，李贺的诗是在黑底子上画画，所以颜色特别浓烈，大为闻先生激赏。有一个同学在杨振声先生教的"汉魏六朝诗选"课上，就"车轮生四角"这样的合乎情悖乎理的想象写了一篇很短的报告《方车轮》。就凭这份报告，在期终考试时，杨先生宣布该生可以免考。

联大教授大都很爱才。罗常培先生说过，他喜欢两种学生：一种，刻苦治学；一种，有才。他介绍一个学生到联大先修班去教书，叫学生拿了他的亲笔介绍信去找先修班主任李继侗先生。介绍信上写的是"……该生素具创作夙慧。……"一个同学根据另一个同学的一句新诗（题一张抽象派的画的）"愿殿堂毁塌于建成之先"填了一首词，作为"诗法"课的练习交给王了一先生，王先生的评语是："自是君身有仙骨，剪裁妙处不须论。"具有"夙慧"，有"仙骨"，这种对于学生过甚其词的评价，恐怕是不会出之于今天的大学教授的笔下的。

我在西南联大是一个不用功的学生，常不上课，但是乱七八糟看了不少书。有一个时期每天晚上到系图书馆去看书。有时只我一个人。中文系在新校舍的西北角，墙外是坟地，非常安静。在系里看书不用经过什么借书手续，架上的书可以随便抽下一本来看，而且可抽烟。有一天，我听到墙外有一派细乐的声音。半夜里怎么会有乐声,在坟地里?我确实是听见的,不是错觉。

我要不是读了西南联大,也许不会成为一个作家。至少不会成为一个像现在这样的作家。我也许会成为一个画家。如果考不取联大,我准备考当时也在昆明的国立艺专。

新校舍

西南联大的校舍很分散。有一些是借用原先的会馆、祠堂、学校，只有新校舍是联大自建的，也是联大的主体。这里原来是一片坟地，坟主的后代大都已经式微或他徙了，联大征用了这片地并未引起麻烦。有一座校门，极简陋，两扇大门是用木板钉成的，不施油漆，露着白茬。门楣横书大字："国立西南联合大学"。进门是一条贯通南北的大路，路是土路，到了雨季，接连下雨，泥泞没足，极易滑倒。大路把新校舍分为东、西两区。

路以西，是学生宿舍。土墙，草顶，两头各有门。窗户是在墙上留出方洞，直插着几根带皮的树棍。空气是很流通的，因为没有人爱在窗洞上糊纸，当然更没有玻璃。昆明气候温和，冬天从窗洞吹进一点风，也不要紧。宿舍是大统间，两边靠墙，和墙垂直，各排了十张双层木床。一张床睡两个人，一间宿舍可住四十人。我没有留心过这样的宿舍共有多少间。我曾在二十五号宿舍住过两年。二十五号不是最后一号。如果以三十间计，则新校舍可住一千二百人。联大学生约三千人，工学院住在拓东路迤西会馆；女生住"南院"，新校舍住的是文、理、法三院的男生。估计起来，可以住得下。学生并不老老实实地让双层床靠墙直放，向右看齐，不少人给它重新组合，把三张床拼成一个U字，外面挂上旧床单或钉上纸板，就成了一个独立天地，屋中之屋。结邻而居的，多是谈得来的同学。也有的不是自己选择的，是学校派定的。我在二十五号宿舍住的时候，睡靠门的上铺，和下铺的一位同学几乎没有见过面。他是历史系的，姓刘，河南人。他是个农家子弟，到昆明来考大学是由河南自己挑了一担行李走来的——到昆明来考联大的，多数是坐公共汽车来的，乘滇越铁路火车来的，但也有利用很奇怪的交通工具来的。物理系有个姓应的学生，是自己买了一头毛驴，从西康骑到昆明来的。我和历史系同学怎么会没有见过面呢？他是个很用功的老实学生，每天黎明即起，到树林里去读书。我是个夜猫子，天亮才回床睡觉。一般来说，学生搬床位，调换宿舍，学校是不管的，从来也没有办事职员来查看过。有人占了一个床位，却终年不来住。也有根本不是联大的，却在宿舍里住了几年。有一个青年小说家曹卣——他很年轻时就在《文学》这样的大杂志上发表过小说，他是同济大学的，却住在二十五号宿舍。也不到同济上课，整天在二十五号写小说。

桌椅是没有的。很多人去买了一些肥皂箱。昆明肥皂箱很多，也很便宜。一般三个肥皂箱就够用了。上面一个，面上糊一层报纸，是书桌。下面两层放书，放衣物，这就书橱、衣柜都有了。椅子？——床就是。不少未来学士在这样的肥皂箱桌面上写出了洋洋洒洒的论文。

宿舍区南边，校门围墙西侧以内，是一个小操场。操场上有一副单杠和一副双杠。体育主任马约翰带着大一学生在操场上上体育课。马先生一年四季只穿一件衬衫、一件西服上衣，下身是一条猎裤，从不穿毛衣、大衣。面色红润，连光秃秃的头顶也红润，脑后一圈雪白的鬈发。他上体育课不说中文，他的英语带北欧口音。学生列队，他要求学生必须站直："Boys! You must keep your body straight!"我年轻时就有点驼背，始终没有straight（直）起来。

操场上有一个篮球场，很简陋。遇有比赛，都要临时画线，现结篮网，但是很多当时的篮球名将如唐宝华、牟作云……都在这里展示过身手。

大路以东，有一条较小的路。这条路经过一个池塘，池塘中间有一座大坟，成为一个岛，岛上开了很多野蔷薇，花盛开时，香味扑鼻。这个小岛是当初规划新校舍时特意留下的。于是成了一个景点。

往北，是大图书馆。这是新校舍唯一的瓦顶建筑。每天一早，就有一堆学生在外面等着。一开门，就争先进去，抢座位（座位不是很多），抢指定参考书（参考书不够用）。晚上十点半钟，图书馆的电灯还亮着，还有很多学生在里面看书。这都是很用功的学生。大图书馆我只进去过几次。这样正襟危坐，集体苦读，我实在受不了。

图书馆门前有一片空地。联大没有大会堂,有什么全校性的集会便在这里举行。在图书馆关着的大门上用摁钉摁两面党国旗,也算是会场。我入学不久,张清常先生在这里教唱过联大校歌(校歌是张先生谱的曲),学唱校歌的同学都很激动。每月一号,举行一次"国民月会",全称应是"国民精神总动员月会",可是从来没有人用全称,实在太麻烦了。国民月会有时请名人来演讲,一般都是梅贻琦校长讲讲话。梅先生很严肃,面无笑容,但说话很幽默。有一阵昆明闹霍乱,梅先生劝大家不要在外面乱吃东西,说:"有一位同学说,'我吃了那么多次,也没有得过一次霍乱。'这种事情是不能有第二次的。"开国民月会时,没有人老实站着,都是东张西望,心不在焉。有一次,我发现青天白日满地红的国旗的太阳竟是十三只角(按规定应是十二只)!

"一二·一惨案"(国民党军队枪杀三位同学、一位老师)发生后,大图书馆曾布置成死难烈士的灵堂,四壁都是挽联,灵前摆满了花圈,大香大烛,气氛十分肃穆悲壮。那两天昆明各界前来吊唁的人络绎于途。

大图书馆后面是大食堂。学生吃的饭是通红的糙米,装在几个大木桶里,盛饭的瓢也是木头的,因此饭有木头的气味。饭里什么都有:沙砾、耗子屎……被称为"八宝饭"。八个人一桌,四个菜,装在酱色的粗陶碗里。菜多盐而少油。常吃的菜是煮芸豆,还有一种叫作魔芋豆腐的灰色的凉粉似的东西。

大图书馆的东面，是教室。土墙，铁皮顶。铁皮上涂了一层绿漆。有时下大雨，雨点敲得铁皮叮叮当当地响。教室里放着一些白木椅子。椅子是特制的，右手有一块羽毛球拍大小的木板，可以在上面记笔记。椅子是不固定的，可以随便搬动，从这间教室搬到那间。吴宓先生上"红楼梦研究"课，见下面有女生没有坐下，就立即走到别的教室去搬椅子。一些颇有骑士风度的男同学于是追随吴先生之后，也去搬。到女同学都落座，吴先生才开始上课。

我是个吊儿郎当的学生，不爱上课。有的教授授课是很严格的。教西洋通史（这是文学院必修课）的是皮名举。他要求学生记笔记，还要交历史地图。我有一次画了一张马其顿王国的地图，皮先生在我的地图上批了两行字："阁下所绘地图美术价值甚高，科学价值全无。"第一学期期终考试，我得了三十七分。第二学期我至少得考八十三分，这样两学期平均，才能及格，这怎么办？到考试时我拉了两个历史系的同学，一个坐在我的左边，一个坐在我的右边。坐在右边的同学姓钮，左边的那个忘了。我就抄左边的同学一道答题，又抄右边的同学一道。公布分数时，我得了八十五分，及格还有富余！

朱自清先生教课也很认真。他教我们宋诗。他上课时带一沓卡片，一张一张地讲。要交读书笔记，还要月考、期考。我老是缺课，因此朱先生对我印象不佳。

多数教授讲课很随便。刘文典先生教《昭明文选》，一个学期才讲了半篇木玄虚的《海赋》。

闻一多先生上课时,学生是可以抽烟的。我上过他的楚辞。上第一课时,他打开高一尺又半的很大的毛边纸笔记本,抽上一口烟,用顿挫鲜明的语调说:"痛饮酒,熟读《离骚》,乃可以为名士。"他讲唐诗,把晚唐诗和后期印象派的画联系起来讲。这样讲唐诗,别的大学里大概没有。闻先生的课都不考试,学期终了交一篇读书报告即可。

唐兰先生教词选,基本上不讲。打起无锡腔调,把词"吟"一遍:"'双鬓隔香红啊——玉钗头上风……'好!真好!"这首词就算讲过了。

西南联大的课程可以随意旁听。我听过冯文潜先生的美学。他有一次讲一首词:

汴水流,
泗水流,
流到瓜洲古渡头,
吴山点点愁。

冯先生说他教他的孙女念这首词,他的孙女把"吴山点点愁"念成"吴山点点头",他举的这个例子我一直记得。

吴宓先生讲"中西诗之比较",我很有兴趣地去听。不料他讲的第一首诗却是:

一去二三里,
烟村四五家,
楼台六七座,
八九十枝花。

我不好好上课,书倒真也读了一些。中文系办公室有一个小图书馆,通称系图书馆。我和另外一两个同学每天晚上到系图书馆看书。系办公室的钥匙就由我们拿着,随时可以进去。系图书馆是开架的,要看什么书自己拿,不需要填卡片这些麻烦手续。有的同学看书是有目的、有系统的。一个姓范的同学每天摘抄《太平御览》。我则是从心所欲,随便瞎看。我这种乱七八糟看书的习惯一直保持到现在。我觉得这个习惯挺好。夜里,系图书馆很安静,只有哲学心理系有几只狗怪声嗥叫——一个教生理学的教授做实验,把狗的不同部位的神经结扎起来,狗于是怪叫。有一天夜里我听到墙外一派鼓乐声,虽然悠远,但很清晰。半夜里怎么会有鼓乐声?只能这样解释:这是鬼奏乐。我确实听到的,不是错觉。我差不多每夜看书,到鸡叫才回宿舍睡觉——因此我和历史系那位姓刘的河南同学几乎没有见过面。

新校舍大门东边的围墙是"民主墙"。墙上贴满了各色各样的壁报,左、中、右都有。有时也有激烈的论战。有一次三青团办的壁报有一篇宣传国民党观点的文章,另一张"群社"编的壁报上很快就贴出一篇反驳的文章，批评三青团壁报上的文章是"咬着尾巴兜圈子"。这批评很尖刻，也很形象。"咬着尾巴兜圈子"是狗。事隔近五十年，我对这一警句还记得十分清楚。当时有一个"冬青社"（联大学生社团甚多），颇有影响。冬青社办了两块壁报，一块是《冬青诗刊》，一块就叫《冬青》，是刊载杂文和漫画的。冯友兰先生、查良钊先生、马约翰先生，都曾经被画进漫画。冯先生、查先生、马先生看了，也并不生气。

除了壁报，还有各色各样的启事。有的是出让衣物的。大都是八成新的西服、皮鞋。出让的衣物就放在大门旁边的校警室里，可以看货付钱。也有寻找失物的启事，大都写着："鄙人不慎，遗失了什么东西，如有捡到者，请开示姓名住处，失主即当往取，并备薄酬。"所谓"薄酬"，通常是五香花生米一包。有一次有一位同学贴出启事："寻找眼睛。"另一位同学在他的启事标题下用红笔画了一个大问号。他寻找的不是"眼睛"，是"眼镜"。

新校舍大门外是一条碎石块铺的马路。马路两边种着高高的柚加利树（即桉树，云南到处皆有）。

马路北侧，挨着新校的围墙，每天早晨有一溜卖早点的摊子。最受欢迎的是一个广东老太太卖的煎鸡蛋饼。一个瓷盆里放着鸡蛋加少量的水和成的稀面，舀一大勺，摊在平铛上，煎熟，加一把葱花。广东老太太很舍得放猪油。鸡蛋饼煎得两面焦黄，猪油滋滋作响，喷香。一个鸡蛋饼直径一尺，卷而食之，很解馋。

晚上，常有一个贵州人来卖馄饨面。有时馄饨皮包完了，他就把馄饨馅拨在汤里下面。问他："你这叫什么面？"贵州老乡毫不迟疑地说："桃花面！"

马路对面常有一个卖水果的。卖桃子，"面核桃"和"离核桃"，卖泡梨——棠梨泡在盐水里，梨肉转为极嫩、极脆。

晚上有时有云南兵骑马由东面驰向西面，马蹄铁敲在碎石块的尖棱上，迸出一朵朵火花。

有一位曾在联大任教的作家教授在美国讲学。美国人问他：西南联大八年，设备条件那样差，教授、学生生活那样苦，为什么能出那样多的人才？——有一个专门研究联大校史的美国教授以为联大八年，出的人才比北大、清华、南开三十年出的人才都多，为什么？这位作家回答了两个字："自由"。

晚翠园曲会

云南大学西北角有一所花园,园内栽种了很多枇杷树,"晚翠"是从千字文"枇杷晚翠"摘下来的。月亮门的门额上刻了"晚翠园"三个大字,是胡小石写的,很苍劲。胡小石当时在重庆中央大学教书。云大校长熊庆来和他是至交,把他请到昆明来,在云大住了一些时候。胡小石在云大、昆明写了不少字。当时正值昆明开展捕鼠运动,胡小石请有关当局给他拔了很多老鼠胡子,做了一束鼠须笔,准备带到重庆去,自用、送人。鼠须笔我从书上看到过,不想有人真用鼠须为笔。这三个字不知是不是鼠须笔所书。晚翠园除枇杷外,其他花木少,很幽静。云大中文系有几个同学搞了一个曲社,活动(拍曲子、开曲会)多半在这里借用一个小教室,摆两张乒乓球桌,二三十张椅子,曲友毕集,就拍起曲子来。

曲社的策划人实为陶光(字重华),有两个云大中文系同学为其助手,管石印曲谱、借教室、打开水等杂务。陶光是西南联大中文系教员,教"大一国文"的作文。"大一国文"是各系大一学生必修。联大的大一国文课有一些和别的大学不同的特点。一是课文的选择。《诗经》选了"关关雎鸠",好像是照顾面子。《楚辞》选《九歌》,不选《离骚》,大概因为《离骚》太长了。《论语》选《子路、曾皙、冉有、公西华侍坐》。"暮春者,春服既成,冠者五六人,童子六七人,浴乎沂,风乎舞雩,咏而归",这不仅是训练学生的文字表达能力,这种重个性、轻利禄、潇洒自如的人生态度,对于联大学生的思想素质的形成,有很大的关系,这段文章的影响是很深远的。联大学生为人处世不俗,夸大一点说,是因为读了这样的文章。这是真正的教育作用,也是选文的教授的用心所在。

魏晋不选庾信、鲍照,除了陶渊明,用相当多篇幅选了《世说新语》,这和选《子路、曾皙、冉有、公西华侍坐》,其用意有相通处。唐人文选柳宗元《永州八记》而舍韩愈。宋文突出地全录了李易安的《金石录后序》。这实在是一篇极好的文章,声情并茂。到现在为止,对李清照,她的词、她的这篇《金石录后序》还没有给予应有的重视,她在文学史上的位置还没有摆准,偏低了。这是不公平的。古人的作品也和今人的作品一样,其遭际有幸有不幸,说不清是什么缘故。白话文部分的特点就更鲜明了。鲁迅当然是要选的,哪一派也得承认鲁迅,但选的不是《阿Q正传》而是《示众》,可谓独具慧眼。选了林徽因的《窗子以外》、丁西林的《一只马蜂》(也许是《压迫》)。林徽因的小说进入大学国文课本,不但当时有人议论纷纷,直到今天,接近二十一世纪了，恐怕仍为一些铁杆"左"派（也可称之为"左霸"，现在不是什么最好的东西都称为"霸"吗）所反对，所不容。但我却从这一篇小说知道小说有这种写法，知道什么是"意识流"，扩大了我的文学视野。"大一国文"课的另一个特点是教课文和教作文的是两个人。教课文的是教授、副教授，教作文的是讲师、教员、助教。为什么要这样分开，我至今不知道是什么道理。我的作文课是陶重华先生教的。他当时大概是教员。

陶光（我们背后都称之为陶光，没有人叫他陶重华），面白皙，风神朗朗。他有一个特别的地方，是同时穿两件长衫。里面是一件咖啡色的夹袍，外面是一件罩衫，银灰色。都是细毛料的。于此可见他的生活一直不很拮据——当时教员、助教大都穿布长衫，有家累的更是衣履敝旧。他走进教室，脱下外衣，搭在椅背上，就把作文分发给学生，摘其佳处，很"投入"地（那时还没有这个词）评讲起来。

陶光的曲子唱得很好。他是唱冠生的，在清华大学时曾受红豆馆主（傅侗）亲授。他嗓子好，宽、圆、亮、足，有力度。他常唱的是"三醉""迎像""哭像"，唱得苍苍莽莽，淋漓尽致。

不知道为什么，我觉得陶光在气质上有点感伤主义。

有一个女同学交了一篇作文，写的是下雨天，一个人在弹三弦。有几句，不知道这位女同学的原文是怎样的，经陶先生润改后成了这样：

"那湿冷的声音，湿冷了我的心。"这两句未见得怎么好，只是"湿冷了"以形容词做动词用，在当时是颇为新鲜的。我一直不忘这件事。我认为这其实是陶光的感觉，并且由此觉得他有点感伤主义。

说陶光是寂寞的，常有孤独感，当非误识。他的朋友不多，很少像某些教员、助教常到有权势的教授家走动问候，也没有哪个教授特别赏识他，只有一个刘文典（叔雅）和他关系不错。刘叔雅目空一切，谁也看不起。他抽鸦片，又嗜食宣威火腿，被称为"二云居士"——云土、云腿。他教《文选》，一个学期只讲了多半篇木玄虚的《海赋》，他倒认为陶光很有才。他的《淮南子校注》是陶光编辑的，扉页的"淮南子校注"也是陶光题署的。从扉页题署，我才知道陶光的字写得很好。

他是写二王的，临《圣教序》功力甚深。他曾把张充和送他的一本影印的《圣教序》给我看，字帖的缺字处有张充和题的字：

以此赠别充和。

陶光对张充和是倾慕的，但张充和似只把陶光看作一般的朋友，并不特别垂青。

陶光不大为人写字，书名不著。我曾看到他为一个女同学写的小条幅，字较寸楷稍大，写在冷金笺上，气韵流转，无一败笔。写的是唐人诗：

故园东望路漫漫,
双袖龙钟泪不干。
马上相逢无纸笔,
凭君传语报平安。

这条字反映了陶光的心情。"炮仗响了"(日本投降那天,昆明到处放鞭炮,云南把这天叫作"炮仗响"的那天)后,联大三校准备北返,三校人事也基本定了,清华、北大都没有聘陶光,他只好滞留昆明。后不久,受聘云大,对"洛阳亲友",只能"凭君传语"了。

我们回北平,听到一点陶光的消息。经刘文典撮合,他和一个唱滇戏的演员结了婚。

后来听说和滇剧女演员离婚了。

又听说他到台湾教了书。悒郁潦倒,竟至客死台北街头。遗诗一卷,嘱人转交张充和。

正晚上拍着曲子,从窗外飞进一只奇怪的昆虫,不像是动物,像植物,体细长,约有三寸,完全像一截青翠的竹枝。大家觉得很稀罕,吴征镒捏在手里看了看,说这是竹节虫。吴征镒是读生物系的,故能认识这只怪虫,但他并不研究昆虫,竹节虫在他只是常识而已,他钻研的是植物学,特别是植物分类学。他记性极好,"文化大革命"时被关在牛棚里,一个看守他的学生给了他一个小笔记本、一支铅笔,他竟能在一个小笔记本上完成一部著作,天头地脚满满地写了蠓虫大的字,有些资料不在手边,他凭记忆引用。出牛棚后,找出资料核对,基本准确;他是学自然科学的,但对文学很有兴趣,写了好些何其芳体的诗,厚厚的一册。他很早就会唱昆曲——吴家是扬州文史世家。唱老生。他身体好,中气足,能把《弹词》的"九转货郎儿"一气唱到底,这在专业的演员都办不到——戏曲演员有个说法:"男怕弹词。"他常唱的还有《疯僧扫秦》。

每次做"同期"(唱昆爱好者约期集会唱曲,叫作同期)必到的是崔芝兰先生。她是联大为数不多的女教授之一,多年来研究蝌蚪的尾巴,运动中因此被斗,资料标本均被毁尽。崔先生几乎每次都唱《西楼记》。女教授,举止自然很端重,但是唱起曲子来却很"嗲"。

崔先生的丈夫张先生也是教授,每次都陪崔先生一起来。张先生不唱,只是端坐着听,听得很入神。

除了联大、云大师生,还有一些外来的客人来参加同期。

有一个女士大概是某个学院的教授的或某个高级职员的夫人。她身材匀称,小小巧巧,穿浅色旗袍,眼睛很大,眉毛的弧线异常清楚,神气有点天真,不作态,整个脸明明朗朗。我给她起了个外号"简单明了",朱德熙说:"很准确。"她一定还要操持家务,照料孩子,但只要接到同期通知,就一定放下这些,欣然而来。

有一位先生,大概是襄理一级的职员,我们叫他"聋山门"。他是唱大花面的,而且总是唱《山门》,他是个聋子——并不是板聋,只是耳音不准,总是跑调。真也亏给他撅笛的张宗和先生,能随着他高低上下来回跑。聋子不知道他跑调,还是气势磅礴地高唱:

"树木杈桠,峰峦如画,堪潇洒,喂呀,闷煞洒家,烦恼天来大!"

给大家吹笛子的是张宗和,几乎所有人唱的时候笛子都由他包了。他笛风圆满,唱起来很舒服。夫人孙凤竹也善唱曲,常唱的是《折柳·阳关》,唱得很婉转。"教他关河到处休离剑,驿路逢人数寄书",闻之使人欲涕。她身弱多病,不常唱。张宗和温文尔雅,孙凤竹风致楚楚,有时在晚翠园(他们就住在晚翠园一角)并肩散步,让人想起"拣名门一例一例里神仙眷"(《惊梦》)。他们有一个女儿,美得像一块玉。张宗和后调往贵州大学,教中国通史。孙凤竹死于病。不久,听说宗和也在贵阳病殁。他们岁数都不大,宗和只三十岁左右。

有一个人，没有跟我们一起拍过曲子，也没有参加过同期，但是她的唱法却在曲社中产生很大的影响，张充和。她那时好像不在昆明。

张家姊妹都会唱曲。大姐因为爱唱曲，嫁给了昆曲传习所的顾传玠。张家是合肥望族，大小姐却和一个昆曲演员结了婚，门不当，户不对，张家在儿女婚姻问题上可真算是自由解放，突破了常规。二姐是个无事忙，她不大唱，只是对张罗办曲会之类的事非常热心。三姐兆和即我的师母，沈从文先生的夫人。她不太爱唱，但我却听过她唱《扫花》，是由我给她吹的笛子。四妹充和小时没有进过学校，只是在家里延师教诗词，拍曲子。她考北大，数学是零分，国文是一百分，北大还是录取了她。她在北大很活跃，爱戴一顶红帽子，北大学生都叫她"小红帽"。

她能戏很多，唱得非常讲究，运字行腔，精微细致，真是"水磨腔"。我们唱的《思凡》《学堂》《瑶台》，都是用的她的唱法（她灌过几张唱片）。她唱的《受吐》，娇慵醉媚，若不胜情，难可比拟。

张充和兼擅书法，结体用笔似晋朝人。

许宝先生是数论专家。但是曲子唱得很好。许家是昆曲大家，会唱曲子的人很多。俞平伯先生的夫人许宝驯就是许先生的姐姐。许先生听过我唱的一支曲子，跟我们的系主任罗常培（莘田）说，他想教我一出《刺虎》。罗先生告诉了我，我自然是愿意的，但稍感意外。我不知道许先生会唱曲子，更没想到他为什么主动提出要教我一出戏。我按时候去了，没有说多少话，就拍起曲子来：

"银台上晃晃的风烛炫，金猊内袅袅的香烟喷……"

许先生的曲子唱得很大方，《刺虎》完全是正旦唱法。他的"撒"特别好，摇曳生姿而又清清楚楚。

许茹香是每次同期必到的。他在昆明航空公司供职，是经理查阜西的秘书。查先生有时也来参加同期，他不唱曲子，是来试吹他所创制的十二平均律的无缝钢管的笛子的（查先生是"国民政府"的官员，但是雅善音乐，除了研究曲律，还搜集琴谱，新中国成立后曾任中国音协副主席）。许茹香，同期的日子他是不会记错的，因为同期的帖子是他用欧底赵面的馆阁体小楷亲笔书写的。许茹香是个戏篓子，什么戏都会唱，包括《花判》（《牡丹亭》）这样的专业演员都不会的戏。他上了岁数，吹笛子气不够，就带了一支"老人笛"，吹着玩玩。

这是一个非常有趣的老人。他做过很多事，走过很多地方，会说好几种地方的话。有一次说了一个小笑话。有四个人，苏州人、绍兴人、宁波人、扬州人，一同到一个庙里，看到四大金刚，苏州人、绍兴人、宁波人各人说了几句话，都有地方特点。轮到扬州人，扬州人赋诗一首：

四大金刚不出奇,

里头是草外头是泥。

你不要夸你个子大,

你敢跟我洗澡去!

扬州人好洗澡。早上皮包水,晚上水包皮。"去"读"kì",正是扬州口音。

同期只供茶水。偶在拍曲后亦作小聚。大馆子吃不起,只能吃花不了多少钱的小馆。是"打平伙"——北京人谓之"吃公墩",各人自己出钱。翠湖西路有一家北京人开的小馆,卖馅儿饼、大米粥,我们去吃了几次。吃完了结账,掌柜的还在低头扒算盘,许宝先生已经把钱敛齐了交到柜上。掌柜的诧异:怎么算得那么快?他不知道算账的是一位数论专家,这点小九九还在话下吗?

参加同期、曲会的,多半生活清贫,然而在百物飞腾、人心浮躁之际,他们还能平平静静地做学问,并能在高吟浅唱、曲声笛韵中自得其乐,对复兴民族大业不失信心,不颓唐、不沮丧,他们是浊世中的清流、旋涡中的砥柱。他们中不少人对文化、科学做出了很大的成绩。安贫乐道,恬淡冲和,是中国的知识分子优良的传统。这个传统应该得到继承,得到扶植发扬。

审如此,则曲社同期无可非议。晚翠园是可怀念的。

翠湖心影

有一个姑娘,牙长得好。有人问她:

"姑娘,你多大了?"

"十七。"

"住在哪里?"

"翠湖西。"

"爱吃什么?"

"辣子鸡。"

过了两天,姑娘摔了一跤,磕掉了门牙。有人问她:

"姑娘多大了?"

"十五。"

"住在哪里?"

"翠湖。"

"爱吃什么?"

"麻婆豆腐。"

这是我在四十四年前听到的一个笑话。当时觉得很无聊(是在一个座谈会上听一个本地才子说的)。现在想起来觉得很亲切。因为它让我想起翠湖。

昆明和翠湖分不开,很多城市都有湖。杭州西湖、济南大明湖、扬州瘦西湖。然而这些湖和城的关系都还不是那样密切。似乎把这些湖挪开,城市也还是城市。翠湖可不能挪开。没有翠湖,昆明就不成其为昆明了。翠湖在城里,而且几乎就挨着市中心。城中有湖,这在中国,在世界上,都是不多的。说某某湖是某某城的眼睛,这是一个俗得不能再俗的比喻了。然而说到翠湖,这个比喻还是躲不开的。只能说:翠湖是昆明的眼睛。有什么办法呢,因为它非常贴切。

翠湖是一片湖,同时也是一条路。城中有湖,并不妨碍交通。湖之中,有一条很整齐的贯通南北的大路。从文林街、先生坡、府甬道,到华山南路、正义路,这是一条直达的捷径。——否则就要走翠湖东路或翠湖西路,那就绕远多了。昆明人特意来游翠湖的也有,不多。多数人只是从这里穿过。翠湖中游人少而行人多。但是行人到了翠湖,也就成了游人了。从喧嚣扰攘的闹市和刻板枯燥的机关里,匆匆忙忙地走过来,一进了翠湖,即刻就会觉得浑身轻松下来;生活的重压、柴米油盐、委屈烦恼,就会冲淡一些。人们不知不觉地放慢了脚步,甚至可以停下来,在路边的石凳上坐一坐,抽一支烟,四边看看。即使仍在匆忙地赶路,人在湖光树影中,精神也很不一样了。翠湖每天每日,给了昆明人多少浮世的安慰和精神的疗养啊。因此,昆明人——包括外来的游子，对翠湖充满感激。

　　翠湖这个名字起得好！湖不大，也不小，正合适。小了，不够一游；太大了，游起来怪累。湖的周围和湖中都有堤。堤边密密地栽着树。树都很高大。主要的是垂柳。"秋尽江南草未凋"，昆明的树好像到了冬天也还是绿的。尤其是雨季，翠湖的柳树真是绿得好像要滴下来。湖水极清。我的印象里翠湖似没有蚊子。夏天的夜晚，我们在湖边漫步或在堤边浅草中坐卧，好像都没有被蚊子叮过。湖水常年盈满。我在昆明住了七年，没有看见过翠湖干得见了底。偶尔接连下了几天大雨，湖水涨了，湖中的大路也被淹没，不能通过了。但这样的时候很少。翠湖的水不深。浅处没膝，深处也不过齐腰。因此没有人到这里来自杀。我们有一个广东籍的同学，因为失恋，曾投过翠湖。但是他下湖在水里走了一截，又爬上来了。因为他大概还不太想死，而且翠湖里也淹不死人。翠湖不种荷花，但是有许多水浮莲。肥厚碧绿的猪耳状的叶子，开着一望无际的粉紫色的蝶形的花，很热闹。我是在翠湖才认识这种水生植物的。我以后也再没看到过这样大片大片的水浮莲。湖中多红鱼，很大，都有一尺多长。这些鱼已经习惯于人声脚步，见人不惊，整天只是安安静静的，悠然地浮沉游动着。有时夜晚从湖中大路上过，会忽然扑哧一声，从湖心跃起一条极大的鱼，吓你一跳。湖水、柳树、粉紫色的水浮莲、红鱼，共同组成一个印象：翠。

　　一九三九年的夏天，我到昆明来考大学，寄住在青莲街的同济中学的宿舍里，几乎每天都要到翠湖。学校已经发了榜，还没有开学，我们除了骑马到黑龙潭、金殿，坐船到大观楼，就是到翠湖图书馆去看书。这是我这一生去过次数最多的一个图书馆，也是印象极佳的一个图书馆。图书馆不大，形制有一点像一个道观。非常安静整洁。有一个侧院，院里种了好多盆白茶花。这些白茶花有时整天没有一个人来看它，就只是安安静静地欣然地开着。图书馆的管理员是一个妙人。他没有准确的上下班时间。有时我们去得早了，他还没有来，门没有开，我们就在外面等着。他来了，谁也不理，开了门，走进阅览室，把壁上一个不走的挂钟的时针"咔啦啦"一拨，拨到八点，这就上班了，开始借书。这个图书馆的藏书室在楼上。楼板上挖出一个长方形的洞，从洞里用绳子吊下一个长方形的木盘。借书人开好借书单，——管理员把借书单叫作"飞子"，昆明人把一切不大的纸片都叫作"飞子"，买米的发票、包裹单、汽车票，都叫"飞子"——这位管理员看一看，放在木盘里，一拽旁边的铃铛，"当啷啷"，木盘就从洞里吊上去了。——上面大概有个滑车。不一会儿，上面拽一下铃铛，木盘又系了下来，你要的书来了。这种古老而有趣的借书手续我以后再也没有见过。这个小图书馆藏书似不少，而且有些善本。我们想看的书大都能够借到。过了两三个小时，这位干瘦而沉默的有点像陈老莲画出来的古典的图书管理员站起来，把壁上不走的挂钟的时针"咔啦啦"一拨，拨到十二点：下班！我们对他这种以意为之的计时方法完全没有意见。因为我们没有一定要看完的书，到这里来只是享受一点安静。我们的看书，是没有目的的，从《南诏国志》到福尔摩斯，逮着什么看什么。

翠湖图书馆现在还有吗？这位图书管理员大概早已作古了。不知道为什么，我会常常想起他来，并和我所认识的几个孤独、贫穷而有点怪癖的小知识分子的印象掺和在一起，越来越鲜明。总有一天，这个人物的形象会出现在我的小说里的。

翠湖的好处是建筑物少。我最怕风景区挤满了亭台楼阁。除了翠湖图书馆，有一簇洋房，是法国人开的翠湖饭店。这所饭店似乎是终年空着的。大门虽开着，但我从未见过有人进去，不论是中国人还是法国人。此外，大路之东，有几间黑瓦朱栏的平房，狭长的，按形制似应该叫作"轩"。也许里面是有一方题作什么轩的横匾的，但是我记不得了。也许根本没有。轩里有一阵曾有人卖过面点，大概因为生意不好，停歇了。轩内空荡荡的，没有桌椅。只在廊下有一个卖"糠虾"的老婆婆。"糠虾"是只有皮壳没有肉的小虾。晒干了，卖给游人喂鱼。花极少的钱，便可从老婆婆手里买半碗，一把一把撒在水里，一尺多长的红鱼就很兴奋地游过来，抢食水面的糠虾，唼喋有声。糠虾喂完，人鱼俱散，轩中又是空荡荡的，剩下老婆婆一个人寂然地坐在那里。

路东伸进湖水，有一个半岛。半岛上有一个两层的楼阁。阁上是个茶馆。茶馆的地势很好，四面有窗，入目都是湖水。夏天，在阁子上喝茶，很凉快。这家茶馆，夏天，是到了晚上还卖茶的（昆明的茶馆都是这样，收市很晚），我们有时会一直坐到十点多钟。茶馆卖盖碗茶，还卖炒葵花子、南瓜子、花生米，都装在一个白铁敲成的方碟子里，昆明的茶馆计账的方法有点特别：瓜子、花生，都是一个价钱，按碟算。喝完了茶，"收茶钱！"堂倌走过来，数一数碟子，就报出个钱数。我们的同学有时临窗饮茶，嗑完一碟瓜子，随手把铁皮碟往外一扔，"Pia——"，碟子就落进了水里。堂倌算账，还是照碟算。这些堂倌晚上清点时，自然会发现碟子少了，并且也一定会知道这些碟子上哪里去了。但是从来没有一次收茶钱时因此和顾客吵起来过；并且在提着大铜壶用"凤凰三点头"手法为客人续水时也从不拿眼睛"贼"着客人。把瓜子碟扔进水里，自然是不大道德，不过堂倌不那么斤斤计较的风度却是很可佩服的。

除了到翠湖图书馆看书，喝茶，我们更多的时候是到翠湖去"穷遛"。这"穷遛"有两层意思，一是不名一钱地遛，一是无穷无尽地遛。"园日涉以成趣"，我们遛翠湖没有个够的时候。尤其是晚上，踏着斑驳的月光树影，可以在湖里一遛遛好几圈。一面走，一面海阔天空，高谈阔论。我们那时都是二十岁上下的人，似乎有很多话要说，可说，我们都说了些什么呢？我现在一句都记不得了！

我是一九四六年离开昆明的。一别翠湖，已经三十八年了，时间过得真快！

我是很想念翠湖的。

前几年，听说因为搞什么"建设"，挖断了水脉，翠湖没有水了。我听了，觉得怅然，而且愤怒了。这是怎么搞的！谁搞的？翠湖会成了什么样子呢？那些树呢？那些水浮莲呢？那些鱼呢？

最近听说，翠湖又有水了，我高兴！我当然会想到这是三中全会带来的好处。这是拨乱反正。

但是我又听说，翠湖现在很热闹，经常举办"蛇展"什么的，我又有点担心。这又会成了什么样子呢？我不反对翠湖游人多，甚至可以有游艇，甚至可以设立摊篷卖破酥包子、焖鸡米线、冰激凌、雪糕，但是最好不要搞"蛇展"。我希望还我一个明爽安静的翠湖。我想这也是很多昆明人的希望。

观音寺

我在观音寺住过一年。观音寺在昆明北郊,是一个荒村,没有什么寺。——从前也许有过。西南联大有几个同学,心血来潮,办了一所中学。他们不知通过什么关系,在观音寺找了一处校址。这原是资源委员会存放汽油的仓库,废弃了。我找不到工作,闲着,跟当校长的同学说一声,就来了。这个汽油仓库有几间比较大的屋子,可以当教室,有几排房子可以当宿舍,倒也像那么一回事。房屋是简陋的,瓦顶、土墙,窗户上没有玻璃。——那些五十三加仑的汽油桶是不怕风雨的。没有玻璃有什么关系!我们在联大新校舍住了四年,窗户上都没有玻璃。在窗格上糊了桑皮纸,抹一点青桐油,亮堂堂的,挺有意境。教员一人一间宿舍,室内床一、桌一、椅一。还要什么呢?挺好。每个月还有一点微薄的薪水,饿不死。

这地方是相当野的。我来的前一学期,有一天,薄暮,有一个赶马车的被人捅了一刀,——昆明市郊之间通马车,马车形制古朴,一个有篷的车厢,厢内两边各有一条木板,可以坐八个人,马车和身上的钱都被抢去了,他手里攥着一截突出来的肠子,一边走,一边还问人:"我这是什么?我这是什么?"

因此这个中学里有几个校警,还有两支老旧的七九步枪。

学校在一条不宽的公路边上,大门朝北。附近没有店铺,也不见有人家。西北围墙外是一个孤儿院。有二三十个孩子,都挺瘦。有一个管理员。这位管理员不常出来,不知道是什么样子,但是他的声音我们很熟悉。他每天上午、下午都要教这些孤儿唱戏。他大概是云南人,教唱的却是京戏。而且老是那一段:《武家坡》。他唱一句,孤儿们跟着唱一句。"一马离了西凉界"——"一马离了西凉界";"不由人一阵阵泪洒胸怀"——"不由人一阵阵泪洒胸怀"。听了一年《武家坡》,听得人真想泪洒胸怀。

孤儿院的西边有一家小茶馆,卖清茶,葵花子,有时也有两块芙蓉糕。还卖市酒。昆明的白酒分星昇酒(玫瑰重昇)和市酒。市酒是劣质白酒。

再往西去,有一个很奇怪的单位,叫作"灭虱站"。这还是一个国际性的机构,是美国救济总署办的,专为国民党的士兵消灭虱子。我们有时看见一队士兵开进大门,过了一会儿,我们在附近散了一会儿步之后,又看见他们开了出来。听说这些兵进去,脱光衣服,在身上和衣服上喷一种什么药粉,虱子就灭干净了。这有什么用呢?过几天他们还不是浑身又长出虱子来了吗?

我们吃了午饭、晚饭常常出去散步。大门外公路对面是一大片农田。田里种的不是稻麦,却是胡萝卜。昆明的胡萝卜很好,浅黄色，粗而且长，细嫩多水分，味微甜。联大学生爱买了当水果吃，因为很便宜。女同学尤其爱吃，因为据说这种胡萝卜，含少量的砒，吃了可以驻颜。常常看见几个女同学一人手里提了一把胡萝卜。到了宿舍里，嘎吱嘎吱地嚼。胡萝卜田是很好看的。胡萝卜叶子琐细，颜色浓绿，密密的，把地皮盖得严严的，说它是"堆锦积绣"，毫不为过。再往北，有一条水渠。渠里不常有水。渠沿两边长了很多木香花。开花的时候白灿灿的耀人眼目，香得不得了。

学校后面——南边是一片丘陵。山上有一口池塘。这池塘下面大概有泉眼，所以池水常满，很干净。这样的池塘按云南人的习惯应该叫作"龙潭"。龙潭里有鱼，鲫鱼。我们有时用自制的鱼竿来钓鱼。这里的鱼未经人钓过，很易上钩。坐在这样的人迹罕到的池边，仰看蓝天白云，俯视钓丝，不知身在何世。

东面是坟。昆明人家的坟前常有一方平地，大概是为了展拜用的。有的还有石桌石凳，可以坐坐。这里有一些矮柏树，到处都是蓝色的野菊花和报春花。这种野菊花非常顽强，连根拔起来养在一个破钵子里，可以开很长时间的花。这里后来成了美国兵开着吉普带了妓女来野合的场所。每到月白风清的夜晚，就可以听到公路上不断有吉普车的声音。美国兵野合，好像是有几个集中的地方的，并不到处撒野。他们不知怎的看中了这个地方。他们扔下了好多保险套，白花花的，到处都是。后来我们就不大来了。这个玩意，总是不那么雅观。

我们的生活很清简。教书、看书。打桥牌，聊大天。吃野菜，吃灰菜、野苋菜。还吃一种叫作豆壳虫的甲虫。我在小说《老鲁》里写的，都是真事。噢，我们还演过话剧，《雷雨》，师生合演。演周萍的叫王惠。这位老兄一到了台上简直是晕头转向。他站错了地位，导演着急，在布景后面叫他："王惠，你过来！"他以为是提词，就在台上大声嚷嚷："你过来！"弄得同台的演员莫名其妙。他忘了词，无缘无故在台上大喊："鲁贵！"我演鲁贵，心说：坏了，曹禺的剧本里没有这一段呀！没法子，只好上去，没话找话："大少爷，您明儿到矿上去，给您预备点什么早点？煮几个鸡蛋吧！"他总算明白过来了："好，随便，煮鸡蛋！去吧！"

生活清贫，大家倒没有什么灾病。王惠得了一次破伤风，——打篮球碰破了皮，感染了。有一个姓董的同学和另一个同学搭一辆空卡车进城。那个同学坐在驾驶舱里，他靠在卡车后面的挡板上，挡板的铁闩松开了，他摔了下去。等找到他的时候，坏了，他不会说中国话了，只会说英语，而且只有两句："I am cold, I am hungry.（我冷，我饿。）"翻来覆去，说个不停。这二位都治好了。我们那时都年轻，很皮实，不太容易被疾病打倒。

炮仗响了。日本投降那天，昆明到处放炮仗，昆明人就把抗战胜利叫作"炮仗响了"。这成了昆明人计算时间的标记，如："那会儿炮仗还没响""这是炮仗响了之后一个月的事情"。大后方的人纷纷忙着"复员",我们的同学也有的联系汽车,计划着"青春做伴好还乡"。有些出于种种原因,一时回不去,不免有点恓恓惶惶。有人抄了一首唐诗贴在墙上:

> 故园东望路漫漫,
> 双袖龙钟泪不干。
> 马上相逢无纸笔,
> 凭君传语报平安。

诗很对景,但是心情其实并不那样酸楚。昆明的天气这样好,有什么理由急于离开呢?这座中学后来迁到篆塘到大观楼之间的白马庙,我在白马庙又接着教了一年,到一九四六年八月,才走。

白马庙

我教的中学从观音寺迁到白马庙，我在白马庙住过一年，白马庙没有庙。这是由篆塘到大观楼之间一个镇子。我们住的房子形状很特别，像是卡通电影上画的房子，我们就叫它卡通房子，前几年日本飞机常来轰炸，有钱的人多在近郊盖了房子，躲警报，这两年日本飞机不来了，这些房子都空了下来，学校就租了当教员宿舍。这些房子的设计都有点别出心裁，而以我们住的卡通房子最显眼，老远就看得见。

卡通房子门前有一条土路，通过马路，三面都是农田，不挨人家。我上课之余，除了在屋里看书，常常伏在窗台上看农民种田。看插秧，看两个人用一个戽斗戽水。看一个十五六岁的孩子用一个长柄的锄头挖地。这个孩子挖几锄头就要停一停，唱一句歌，他的歌有音无字，只有一句，但是很好听，长日悠悠，一片安静。我那时正在读《庄子》。在这样的环境中读《庄子》真是太合适了。

这样的不挨人家的"独立家屋"有一点不好，是招小偷。曾有小偷光顾过一次。发觉之后，几位教员拿了棍棒到处搜索，闹腾了一阵，无所得。我和松卿有一次到城里看电影，晚上回来，快到大门时，从路旁沟里蹿出一条黑影，跑了。是一个俟机翻墙行窃的小偷。

小偷不少，教导主任老杨曾当美军译员，穿了一件美军将军呢的毛料裤子，晚上睡觉，盖在被窝儿上压脚。那天闹小偷。他醒来，拧开电灯看看，将军呢裤子没了。他翻了个身，接荏睡他的觉。我们那时都是这样，得、失无所谓，而可失之物亦不多，只要不是真的赤条条来去无牵挂，怎么着也能混得过去，——这位老兄从美军复员，领到一笔复员费，崭新的票子放在夹克上衣口袋里，打了一夜"沙蟹"，几乎全部输光。

学校的教员有的在校内住，也有住在城里，到这里来兼课的。坐马车来，很方便。朱德熙有一次下了马车，被马咬了一口！咬在胸脯上，胸上落了马的牙印，衣服却没有破。

镇上有一个卖油盐酱醋香烟火柴的杂货铺，一家猪肉案子，还有一个做饵块的作坊。我去看过工人做饵块，小枕头大的那么一坨，不知道怎的竟能蒸熟。

饵块作坊门前有一道砖桥，可以通到河南边。桥南是菜地，我们随时可以吃到刚刚拔起来的新鲜蔬菜。临河有一家茶馆，茶客不少。靠窗而坐，可以看见河里的船、船上的人，风景很好。

使我惊奇的是东壁粉墙上画了一壁茶花，画得满满的。墨线勾起，涂了很重的颜色，大红花，鲜绿的叶子，画得很工整，花、叶多对称，很天真可爱，这显然不是文人画。我问冲茶的茶倌:"这画是谁画的?""哑巴。他就爱画,哪样上头都画,他画又不要钱,自己贴颜色,就叫他画吧!"

这两天,我看见一个挑粪的,粪桶是新的,粪桶近桶口处画了一圈串枝莲,墨线勾成,笔如铁线,匀匀净净。不用问,这又是那个哑巴画的。粪桶上插花,真是少见。

听说哑巴岁数不大,二十来岁。他没有跟谁学过,就是自己画。

我记得白马庙,主要就是因为这里有一个画画的哑巴。

跑警报

西南联大有一位历史系教授——听说是雷海宗先生,他开的一门课因为讲授多年,已经背得很熟,上课前无须准备;下课了,讲到哪里算哪里,他自己也不记得。每回上课,都要先问学生:"我上次讲到哪里了?"然后就滔滔不绝地接着讲下去。班上有个女同学,笔记记得最详细,一句不落。雷先生有一次问她:"我上一课最后说的是什么?"这位女同学打开笔记夹,看了看,说:"您上次最后说:'现在已经有空袭警报,我们下课。'"

这个故事说明昆明警报之多。我刚到昆明的头两年,一九三九、一九四〇年,三天两头有警报。有时每天都有,甚至一天有两次。昆明那时几乎说不上有空防力量,日本飞机想什么时候来就来。有时竟至在头一天广播:明天将有二十七架飞机来昆明轰炸。日本的空军指挥部还真言而有信,说来准来!

一有警报,别无他法,大家就都往郊外跑,叫作"跑警报"。"跑"和"警报"联在一起,构成一个语词,细想一下,是有些奇特的,因为所跑的并不是警报。这不像"跑马""跑生意"那样通顺。但是大家就这么叫了，谁都懂，而且觉得很合适。也有叫"逃警报"或"躲警报"的，都不如"跑警报"准确。"躲"，太消极；"逃"又太狼狈。唯有这个"跑"字于紧张中透出从容，最有风度，也最能表达丰富生动的内容。

有一个姓马的同学最善于跑警报。他早起看天，只要是万里无云，不管有无警报，他就背了一壶水，带点吃的，夹着一卷温飞卿或李商隐的诗，向郊外走去。直到太阳偏西，估计日本飞机不会来了，才慢慢地回来。这样的人不多。

警报有三种。如果在四十多年前向人介绍警报有几种，会被认为有"神经病"，这是谁都知道的。然而对今天的青年，却是一项新的课题。一曰"预行警报"。

联大有一个姓侯的同学，原系航校学生，因为反应迟钝，被淘汰下来，读了联大的哲学心理系。此人对于航空旧情不忘，曾用黄色的"标语纸"贴出巨幅"广告"，举行学术报告，题曰《防空常识》。他不知道为什么对"警报"特别敏感。他正在听课，忽然跑了出去，站在"新校舍"的南北通道上，扯起嗓子大声喊叫："现在有预行警报，五华山挂了三个红球！"可不！抬头往南一看，五华山果然挂起了三个很大的红球。五华山是昆明的制高点，红球挂出，全市皆见。我们一直很奇怪：他在教室里，正在听讲，怎么会"感觉"到五华山挂了红球呢？——教室的门窗并不都正对五华山。

一有预行警报，市里的人就开始向郊外移动。住在翠湖迤北的,多半出北门或大西门,出大西门的似尤多。大西门外,越过联大新校舍门前的公路,有一条由南向北的用浑圆的石块铺成的宽可五六尺的小路。这条路据说是古驿道,一直可以通到滇西。路在山沟里。平常走的人不多。常见的是驮着盐巴、碗糖或其他货物的马帮走过。赶马的马锅头侧身坐在木鞍上,从齿缝里咝咝地吹出口哨(马锅头吹口哨都是这种吹法,没有撮唇而吹的),或低声唱着呈贡"调子":

哥那个在至高山那个放呀放放牛,
妹那个在至花园那个梳那个梳梳头。
哥那个在至高山那个招呀招招手,
妹那个在至花园点那个点点头。

这些走长道的马锅头有他们的特殊装束。他们的短褂外部套了一件白色的羊皮背心,脑后挂着漆布的凉帽,脚下是一双厚牛皮底的草鞋状的凉鞋,鞋帮上大都绣了花,还钉着亮晶晶的"鬼眨眼"亮片——这种鞋似只有马锅头穿,我没见从事别种行业的人穿过。马锅头押着马帮,从这条斜阳古道上走过,马项铃哗棱哗棱地响,很有点浪漫主义的味道,有时会引起远客的游子一点淡淡的乡愁……

有了预行警报,这条古驿道就热闹起来了。从不同方向来的人都拥向这里,形成了一条人河。走出一截,离市较远了,就分散到古道两旁的山野，各自寻找一个合适的地方待下来，心平气和地等着——等空袭警报。

联大的学生见到预行警报，一般是不跑的，都要等听到空袭警报：汽笛声一短一长，才动身。新校舍北边围墙上有一个后门，出了门，过铁道（这条铁道不知起讫地点，从来也没见有火车通过），就是山野了。要走，完全来得及——所以雷先生才会说"现在已经有空袭警报"。只有预行警报，联大师生一般都是照常上课的。

跑警报大都没有准地点，漫山遍野。但人也有习惯性，跑惯了哪里，愿意上哪里。大多是找一个坟头，这样可以靠靠。昆明的坟多有碑，碑上除了刻下坟主的名讳，还刻出"某山某向"，并开出坟茔的"四至"。这风俗我在别处还未见过。这大概也是一种古风。

说是漫山遍野，但也有几个比较集中的"点"。古驿道的一侧，靠近语言研究所资料馆不远，有一片马尾松林，就是一个点。这地方除了离学校近，有一片碧绿的马尾松，树下一层厚厚的干了的松毛，很软和，空气好——马尾松挥发出很重的松脂气味，晒着从松枝间漏下的阳光，或仰面看松树上面的蓝得要滴下来的天空，都极舒适外，是因为这里还可以买到各种零吃。昆明做小买卖的，有了警报，就把担子挑到郊外来了。五味俱全，什么都有。最常见的是"叮叮糖"。"叮叮糖"即麦芽糖，也就是北京人祭灶用的关东糖，不过做成一个直径一尺多、厚可一寸许的大糖饼,放在四方的木盘上,有人掏钱要买,糖贩即用一个刨刃形的铁片楔入糖边,然后用一个小小铁锤,一击铁片,叮的一声,一块糖就震裂下来了——所以叫作"叮叮糖",其次是炒松子。昆明松子极多,个大皮薄仁饱,很香,也很便宜。我们有时能在松树下面捡到一个很大的成熟了的生的松球,就掰开鳞瓣,一颗一颗地吃起来——那时候,我们的牙都很好,那么硬的松子壳,一嗑就开了!

另一个集中点比较远,得沿古驿道走出四五里,驿道右侧较高的土山上有一横断的山沟(大概是哪一年地震造成的),沟深约三丈,沟口有二丈多宽,沟底也宽有六七尺。这是一个很好的天然防空沟,日本飞机若是投弹,只要不是直接命中,落在沟里,即便是在沟顶上爆炸,弹片也不易蹦进来。机枪扫射也不要紧,沟的两壁是死角。这道沟可以容数百人。有人常到这里,就利用闲空,在沟壁上修了一些私人专用的防空洞,大小不等,形式不一。这些防空洞不仅表面光洁,有的还用碎石子或碎瓷片嵌出图案,缀成对联。对联大都有新意。我至今记得两副,一副是:

人生几何
恋爱三角

一副是:

见机而作

入土为安

对联的嵌缀者的闲情逸致是很可叫人佩服的。前一副也许是有感而发，后一副却是纪实。

警报有三种。预行警报大概是表示日本飞机已经起飞。拉空袭警报大概是表示日本飞机进入云南省境了，但是进云南省不一定到昆明来。等到汽笛拉了紧急警报：连续短音，这才可以肯定是朝昆明来的。空袭警报到紧急警报之间，有时要间隔很长时间，所以到了这里的人都不忙下沟——沟里没有太阳，而且过早地像云冈石佛似的坐在洞里也很无聊，大都先在沟上看书、闲聊、打桥牌。很多人听到紧急警报还不动，因为紧急警报后日本飞机也不定准来，常常是折飞到别处去了。要一直等到看见飞机的影子了，这才一骨碌站起来，下沟，进洞。联大的学生，以及住在昆明的人，对跑警报太有经验了，从来不仓皇失措。

上举的前一副对联或许是一种泛泛的感慨，但也是有现实意义的。跑警报是谈恋爱的机会。联大同学跑警报时，成双作对的很多。空袭警报一响，男的就在新校舍的路边等着，有时还提着一袋点心吃食，宝珠梨、花生米……他等的女同学来了，"嗨！"于是欣然并肩走出新校舍的后门。跑警报说不上是同生死，共患难，但隐隐约约有那么一点危险感，和看电影、遛翠湖时不同。这一点危险感使两方的关系更加亲近了。女同学乐于有人伺候，男同学也正好殷勤照顾，表现一点骑士风度。正如孙悟空在高老庄所说："一来医得眼好，二来又照顾了郎中，这是凑四合六的买卖。"从这点来说，跑警报是颇为罗曼蒂克的。有恋爱，就有三角，有失恋。跑警报的"对儿"并非总是固定的，有时一方被另一方"甩"了，两人"吹"了，"对儿"就要重新组合。写（姑且叫作"写"吧）那副对联的，大概就是一位被"甩"的男同学。不过，也不一定。

警报时间有时很长，长达两三个小时，也很"腻歪"。紧急警报后，日本飞机轰炸已毕，人们就轻松下来。不一会儿，"解除警报"响了：汽笛拉长音，大家就起身拍拍尘土，络绎不绝地返回市里。也有时不等解除警报，很多人就往回走：天上起了乌云，要下雨了。一下雨，日本飞机不会来。在野地里被雨淋湿，可不是事！一有雨，我们有一个同学一定是一马当先地往回奔，就是前面所说那位报告预行警报的姓侯的。他奔回新校舍，到各个宿舍搜罗了很多雨伞，放在新校舍的后门外，见有女同学来，就递过一把。他怕这些女同学挨淋。这位侯同学长得五大三粗，却有一副贾宝玉的心肠。大概是上了吴雨僧先生的《红楼梦》的课，受了影响。侯兄送伞，已成定例。警报下雨，一次不落。名闻全校，贵在有恒——这些伞，等雨住后他还会到南院女生宿舍去敛回来，再归还原主的。

跑警报，大都要把一点值钱的东西带在身边。最方便的是金子——金戒指。有一位哲学系的研究生曾经做了这样的逻辑推理：有人带金子，必有人会丢掉金子，有人丢金子，就会有人捡到金子，我是人，故我可以捡到金子。因此，他跑警报时，特别是解除警报以后，他每次都很留心地巡视路面。他当真两次捡到过金戒指！逻辑推理有此妙用，大概是教逻辑学的金岳霖先生所未料到的。

联大师生跑警报时没有什么可带，因为身无长物，一般大都是带两本书或一册论文的草稿。有一位研究印度哲学的金先生每次跑警报总要提了一只很小的手提箱。箱子里不是什么别的东西，是一个女朋友写给他的信——情书。他把这些情书视如性命，有时也会拿出一两封来给别人看。没有什么不能看的，因为没有卿卿我我的肉麻的话，只是一个聪明女人对生活的感受，文字很俏皮，充满了英国式的机智，是一些很漂亮的essay，字也很秀气。这些信实在是可以拿来出版的。金先生辛辛苦苦地保存了多年，现在大概也不知去向了，可惜。我看过这个女人的照片，人长得就像她写的那些信。

联大同学也有不跑警报的，据我所知，就有两人。一个是女同学，姓罗。一有警报，她就洗头。别人都走了，锅炉房的热水没人用，她可以敞开来洗，要多少水有多少水！另一个是一位广东同学，姓郑。他爱吃莲子。一有警报，他就用一个大漱口缸到锅炉火口上去煮莲子。警报解除了，他的莲子也烂了。有一次日本飞机炸了联大，昆明北院、南院，都落了炸弹，这位郑老兄听着炸弹乒乒乓乓在不远的地方爆炸，依然在新校舍大图书馆旁的锅炉上神色不动地搅和他的冰糖莲子。

抗战期间，昆明有过多少次警报，日本飞机来过多少次，无法统计。自然也死了一些人，毁了一些房屋。就我的记忆，大东门外，有一次日本飞机机枪扫射，田地里死的人较多。大西门外小树林里曾炸死了好几匹驮木柴的马。此外似无较大伤亡。警报、轰炸，并没有使人产生血肉横飞、一片焦土的印象。

日本人派飞机来轰炸昆明，其实没有什么实际的军事意义，用意不过是吓唬吓唬昆明人，施加威胁，使人产生恐惧。他们不知道中国人的心理是有很大的弹性的，不那么容易被吓得魂不附体。我们这个民族，长期以来，生于忧患，已经很"皮实"了，对于任何猝然而来的灾难，都用一种"儒道互补"的精神对待之。这种"儒道互补"的真髓，即"不在乎"。这种"不在乎"精神，是永远征不服的。

为了反映"不在乎"，作《跑警报》。

疟 疾

我每年要发一次疟疾,从小学到高中,一年不落,而且有准季节。每年桃子一上市的时候,就快来了,等着吧。

有青年作家问爱伦堡:头疼是什么感觉?他想在小说里写一个人头疼。爱伦堡说:这么说你从来没有头疼过,那你真是幸福!头疼的感觉是没法说的。中国(尤其是北方)很多人是没有得过疟疾的。如果有一位青年作家叫我介绍一下疟疾的感觉,我也没有办法。起先是发冷,来了!大老爷升堂了!——我们那里把疟疾开始发作,叫作"大老爷升堂",不知是何道理。赶紧钻被窝。冷!盖了两床厚棉被还是冷,冷得牙齿嘚嘚地响。冷过了,发热,浑身发烫。而且,剧烈地头疼。有一首散曲咏疟疾:"冷时节似冰凌上坐,热时节似蒸笼里卧,疼时节疼得天灵破,天呀天,似这等寒来暑往人难过!"反正,这滋味不大好受。好了!出汗了!大汗淋漓,内衣湿透,遍体轻松,疟疾过去了,"大老爷退堂"。擦擦额头的汗,饿了!坐起来,粥已经煮好了,就一碟甜酱小黄瓜,喝粥。香啊!

杜牧诗云:"忍过事则喜",对于疟疾也只有忍之一法。挺挺，就过来了，也吃几剂汤药（加减小柴胡汤之类），不管事。发了三次之后，都还是吃"蓝印金鸡纳霜"（即奎宁片）解决问题。我父亲说我是阴虚，有一年让我吃了好些海参。每天吃海参，真不错！不过还是没有断根。一直到一九三九年，生了一场恶性疟疾，我身体内部的"古老又古老的疟原虫"才跟我彻底告别。

恶性疟疾是在越南得的。我从上海坐船经香港到河内，乘滇越铁路火车到昆明去考大学。到昆明寄住在同济中学的学生宿舍里，通过一个间接的旧日同学的关系。住了没有几天，病倒了。同济中学的那个学生把我弄到他们的校医室，验了血，校医说我血里有好几种病菌，包括伤寒病菌什么的，叫赶快送医院。

到医院，护士给我量了量体温，体温超过四十度。护士二话不说，先给我打了一针强心针。我问："要不要写遗书？"

护士嫣然一笑："怕你烧得太厉害，人受不住！"

抽血，化验。

医生看了化验结果，说有多种病菌潜伏，但是主要问题是恶性疟疾。开了注射药针。过了一会儿，护士拿了注射针剂来。我问：是什么针？

我赶紧声明，我生的不是梅毒，我从来没有……

"这是治疗恶性疟疾的特效药。奎宁、阿脱平，对你已经不起作用。"

606、疟原虫、伤寒菌，还有别的不知什么菌，在我的血管里混战一场。最后是606胜利了。病退了,但是人很"吃亏",医生规定只能吃藕粉。藕粉这东西怎么能算是"饭"呢?我对医院里的藕粉印象极不佳,并从此在家里也不吃藕粉。后来可以喝蛋花汤。蛋花汤也不能算饭呀!

我要求出院,医生不准。我急了,说:我到昆明是来考大学的,明天就是考期,不让我出院,那怎么行!

医生同意了。

喝了一肚子蛋花汤,晕晕乎乎地进了考场。天可怜见,居然考取了!

自打生了一次恶性疟疾,我的疟疾就除了根,半个多世纪以来,没有复发过。也怪。

牙 疼

我从大学时期，牙就不好。一来是营养不良，饥一顿，饱一顿；二来是不讲口腔卫生。有时买不起牙膏，常用食盐、烟灰胡乱地刷牙。又抽烟，又喝酒。于是牙齿龋蛀，时常发炎，——牙疼。牙疼不很好受，但不至于像契诃夫小说《马姓》里的老爷一样疼得吱哇乱叫。"牙疼不是病，疼起来要人命"，不见得。我对牙疼泰然置之，而且有点幸灾乐祸地想：我倒看你疼出一朵什么花来！我不会疼得"五心烦躁"，该咋着还咋着。照样活动。腮帮子肿得老高，还能谈笑风生，语惊一座。牙疼于我何有哉！

不过老疼，也不是个事。有一颗槽牙，已经活动，每次牙疼，它是祸始。我于是决心拔掉它。昆明有一个修女，又是牙医，据说治牙很好，又收费甚低，我于是攒借了一点钱，想去找这位修女。她在一个小教堂的侧门之内"悬壶"。不想到了那里，侧门紧闭，门上贴了一个字条：修女因事离开昆明，休诊半个月。我当时这个高兴呀！王子猷雪夜访戴，乘兴而去，兴尽而归，何必见戴！我拿了这笔钱，到了小西门马家牛肉馆，要了一盘冷拼，四两酒，美美地吃了一顿。

昆明七年,我没有治过一次牙。

在上海教书的时候,我听从一个老同学母亲的劝告,到她熟识的私人开业的牙医处让他看看我的牙。这位牙科医生,听他的姓就知道是广东人,姓麦。他拔掉我的早已糟朽不堪的槽牙。他的"手艺"(我一直认为治牙镶牙是一门手艺)如何,我不知道,但是我对他很有好感,因为他的候诊室里有一本A.纪德的《地粮》。牙科医生读纪德,此人不俗!

到了北京,参加剧团,我的牙越发地不行,有几颗跟我陆续辞行了。有人劝我去装一副假牙,否则尚可效力的牙齿会向空缺的地方发展。通过一位名琴师的介绍,我去找了一位牙医。此人是京剧票友,唱大花脸。他曾为马连良做过一枚内外纯金的金牙。他拔掉我的两颗一提溜就下来的病牙,给我做了一副假牙,说:"你这样就可以吃饭了,可以说话了。"我还是应该感谢这位票友牙医,这副假牙让我能吃爆肚,虽然我觉得他颇有江湖气,不像上海的麦医生那样有书卷气。

"文化大革命"中,我正要出剧团的大门,大门"哐"的一声被踢开,正摔在我的脸上。我当时觉得嘴里乱七八糟!吐出来一看,我的上下四颗门牙都被震下来了,假牙也断成了两截。踢门的是一个翻跟头的武戏演员,没有文化。就是他,有一天到剧团来大声嚷嚷:"同志们!告诉你们一个好消息,往后吃油饼便宜了!"——"怎么啦?"——"大庆油田出油了!"这人一向是个冒失鬼。剧团的大门是可以里外两面开的玻璃门,玻璃上糊了一层报纸,他看不见里面有人出来。这小子不推门,一脚踹开了。他直道歉:"对不起!对不起!"我说:"没事儿!没事儿!你走吧!"对这么个人,我能说什么呢?他又不是有心。掉了四颗门牙,竟没有流一滴血,可见这四颗牙已经衰老到什么程度,掉了就掉了吧。假牙左边半截已经没有用处,右边的还能凑合一阵。我就把这半截假牙单摆浮搁地安在牙床上,既没有钩子,也没有套子,嗨,还真能嚼东西。当然也有不方便处:一、不能吃脆萝卜(我最爱吃萝卜);二、不能吹笛子了(我的笛子原来是吹得不错的)。

这样对付了好几年。直到一九八五年我随作家代表团访问香港前,我才下决心另装一副假牙。有人跟我说:"瞧你那嘴牙,七零八落,简直有伤体面!"

我找到一家小医院,建筑工人医院。医院的一个牙医师小宋是我的读者,可以不用挂号、排队,进门就看。小宋给我检查了一下,又请主任医师来看看。这位主任用镊子依次掰了一下我的牙,说:"都得拔了。全部'二度动摇'。做一副满口。这么凑合,不行。做一副,过两天,又掉了,又得重做,多麻烦!"我说:"行!不过再有一个月,我就要到香港去,拔牙、安牙,来得及吗?"——"来得及。"主任去准备麻药,小宋悄悄跟我说:"我们主任,是在日本学的。她的劲儿特别大,出名的手狠。"我的硕果仅存的十一颗牙,一个星期,分三次,全部拔光。我于拔牙,可谓曾经沧海,不在乎。不过拔牙后还得修理牙床骨，——因为牙掉的先后不同，早掉的牙床骨已经长了突起的骨质小骨朵，得削平了。这位主任真是大刀阔斧，不多一会儿，就把我的牙骨铲平了。小宋带我到隔壁找做牙的技师小马，当时就咬了牙印。

一般拔牙后要经一个月，等伤口长好才能装假牙。但有急需，也可以马上就做，这有个专用名词，叫作"即刻"。

"即刻"本是权宜之计，小马让我从香港回来再去做一副。我从香港回来，找了小马，小马把我的假牙看了看，问我："有什么不舒服吗？"——"没有。"——"那就不用再做了，你这副很好。"

我从拔牙到装上假牙，一共才用了两个星期，而且一次成功，少有。这副假牙我一直用到现在。

常见很多人安假牙老不合适，不断修理，一再重做，最后甚至就不再戴。我想，也许是因为假牙做得不好，但是也由于本人不能适应，稍不舒服，即觉得别扭。要能适应。假牙嘛，哪能一下就合适，开头总会格格不入的。慢慢地，等牙床和假牙已经严丝合缝，浑然一体，就好了。

凡事都是这样，要能适应、习惯、凑合。

七载云烟

天地一瞬

我在云南住过七年，一九三九年至一九四六年。准确地说，只能说在昆明住了七年。昆明以外，最远只到过呈贡，还有滇池边一片沙滩极美、柳树浓密的叫作斗南村的地方，连富民都没有去过。后期在黄土坡、白马庙各住过一两年，这只能算是郊区。到过金殿、黑龙潭、大观楼，都只是去游逛，当日来回。我们经常活动的地方是市内。市内又以正义路及其旁出的几条横街为主。正义路北起华山南路，南至金马碧鸡牌坊，当时是昆明的贯通南北的干线，又是市中心所在。我们到南屏大戏院去看电影，——演的都是美国片子。更多的时间是无目的地闲走，闲看。

我们去逛书店。当时书店都是开架售书，可以自己抽出书来看。有的穷大学生会靠在柜台一边，看一本书，一看两三个小时。

逛裱画店。昆明几乎家家都有钱南园的写得四方四正的颜字对联。还有一个吴忠荩老先生写得极其流利但用笔扁如竹篾的行书四扇屏。慰情聊胜无,看看也是享受。

武成路后街有两家做锡箔的作坊。我每次经过,都要停下来看作锡箔的师傅在一个木墩上垫了很厚的粗草纸,草纸间衬了锡片,用一柄很大的木槌,使劲夯砸那一垛草纸。师傅浑身是汗,于是锡箔就捶成了。没有人愿意陪我欣赏这种捶锡箔艺术,他们都以为:"这有什么看头!"

逛茶叶店。茶叶店有什么逛头?有!华山西路有一家茶叶店,一壁挂了一副嵌在镜框里的米南宫体的小对联,字写得好,联语尤好:

静对古碑临黑女
闲吟绝句比红儿

我觉得这对得很巧,但至今不知道这是谁的句子。尤其使我不明白的,是这家茶叶店为什么要挂这样一副对子?

我们每天经过,随时往来的地方,还是大西门一带。大西门里的文林街,大西门外的风翥街、龙翔街。"风翥""龙翔",不知道是哪位善于辞藻的文人起下的富丽堂皇的街名,其实这只是两条丁字形的小小的横竖街。街虽小,人却多,气味浓稠。这是来往滇西的马锅头卸货、装货、喝酒、吃饭、抽鸦片、睡女人的地方。我们在街上很难"深入"这种生活的里层，只能切切实实地体会到：这是生活！我们在街上闲看。看卖木柴的，卖木炭的，卖粗瓷碗、卖砂锅的，并且常常为一点细节感动不已。

但是我生活得最久，接受影响最深，使我成为这样一个人，这样一个作家，——不是另一种作家的地方，是西南联大，新校舍。

骑了毛驴考大学

万里长征，

辞却了五朝宫阙。

暂驻足，

衡山湘水，

又成离别。

绝徼移栽桢干质，

九州遍洒黎元血。

尽茄吹弦诵在山城，

情弥切……

——西南联大校歌

日寇侵华，平津沦陷，北大、清华、南开被迫南迁，组成一个大学，在长沙暂住，名为"临时大学"。后迁云南，改名"国立西南联合大学"，简称"西南联大"。这是一座战时的临时性的大学，但却是一个产生天才，影响深远，可以彪炳于世界大学之林，与牛津、剑桥、哈佛、耶鲁平列而无愧色的，窳陋而辉煌的，奇迹一样的，"空前绝后"的大学。哦，我的母校，我的西南联大！

像蜜蜂寻找蜜源一样飞向昆明的大学生，大概有几条路径。

一条是陆路。三校部分同学组成"西南旅行团"，由北平出发，走向大西南。一路夜宿晓行，埋锅造饭，过的完全是军旅生活。他们的"着装"是短衣，打绑腿，布条编的草鞋，背负薄薄的一卷行李，行李卷上横置一把红油纸伞，有点像后来的大串联的"红卫兵"。除了摆渡过河外，全是徒步。自北平至昆明，全程三千五百里，算得是一个壮举。旅行团有部分教授参加，闻一多先生就是其中之一。闻先生一路画了不少铅笔速写。其时闻先生已经把胡子留起来了，——闻先生曾发愿：抗战不胜，誓不剃须！

另一路是海程。由天津或上海搭乘怡和或太古轮船，经香港，到越南海防，然后坐滇越铁路火车，由老街入境，至昆明。

有意思的是，轮船上开饭，除了白米饭之外，还有一箩高粱米饭。这是给东北学生预备的。吃高粱米饭，就咸鱼、小虾，可以使"我的家在东北松花江上"的流亡学生得到一点安慰，这种举措很有人情味。

我们在上海就听到滇越路有瘴气，易得恶性疟疾，沿路的水不能喝，于是带了好多瓶矿泉水。当时的矿泉水是从法国进口的，很贵。

没有想到恶性疟疾照顾上了我！到了昆明，就发了病，高烧超过四十度，进了医院，医生就给我打了强心针。（我还跟护士开玩笑，问"要不要写遗书？"）用的药是606，我赶快声明：我没有生梅毒！

出了院，晕晕乎乎地参加了全国统一招生考试。上帝保佑，竟以第一志愿被录取，我当时真是像做梦一样。

当时到昆明来考大学的，取道各有不同。

有一位历史系学生姓刘的同学是自己挑了一担行李，从家乡河南一步一步走来的。这人的样子完全是一个农民，说话乡音极重，而且四年不改。

有一位姓应的物理系的同学，是在西康买了一头毛驴，一路骑到昆明来的。此人精瘦，外号"黑鬼"，宁波人。

这样的莘莘学子，不远千里，从四面八方奔到昆明来，考入西南联大，他们来干什么，寻找什么？

大部分同学是来寻找真理，寻找智慧的。

也有些没有明确目的，糊里糊涂的。我在报考申请书上填了西南联大，只是听说这三座大学，尤其是北大的学风是很自由的，学生上课、考试，都很随便，可以吊儿郎当。我就是冲着吊儿郎当来的。

我寻找什么？

寻找潇洒。

斯是陋室

西南联大的校舍很分散，很多处是借用昆明原有的房屋、学校、祠堂。自建的，集中、成片的校舍叫"新校舍"。

新校舍大门南向，进了大门是一条南北大路。这条路是土路，下雨天滑不留足，摔倒的人很多。这条土路把新校舍划分成东、西两区。

西边是学生宿舍。土墙，草顶。土墙上开了几个方洞，方洞上竖了几根不去皮的树棍，便是窗户。挨着土墙排了一列双人木床，一边十张，一间宿舍可住四十人，桌椅是没有的。两个装肥皂的木箱摞起来，既是书桌，也是衣柜。昆明不知道哪里来的那么多肥皂箱，很便宜，男生女生多数都有这样一笔"财产"。有的同学在同一宿舍中一住四年不挪窝，也有占了一个床位却不来住的。有的不是这个大学的，却住在这里。有一位，姓曹，是同济大学的，学的是机械工程，可是他从来不到同济大学去上课，却从早到晚趴在木箱上写小说。有些同学成天在一起，乐数晨夕，堪称知己。也有老死不相往来，几乎等于不认识的。我和那位姓刘的历史系同学就是这样，我们俩同睡一张木床，他住上铺，我住下铺，却很少见面。他是个很守规矩、很用功的人，每天按时作息。我是个夜猫子，每天在系图书馆看一夜书，到天亮才回宿舍。等我回屋就寝时，他已经在校园树下苦读英文了。

大路的东侧，是大图书馆。这是新校舍唯一的一座瓦顶的建筑。每天一早，就有人等在门外"抢图书馆"——抢位置，抢指定参考书。大图书馆藏书不少，但指定参考书总是不够用的。

每月月初要在这里开一次"国民精神总动员月会"，简称"国民月会"。把图书馆大门关上，钉了两面交叉的党国旗，便是会场。所谓月会，就是由学校的负责人讲一通话。讲的次数最多的是梅贻琦，他当时是主持日常校务的校长（北大校长蒋梦麟、南开校长张伯苓）。梅先生相貌清癯，人很严肃，但讲话有时很幽默。有一个时期昆明闹霍乱，梅先生告诫学生不要在外面乱吃，说："有同学说，'我在外面乱吃了好多次，也没有得一次霍乱'，同学们！这种事情是不能有第二次的。"

更东，是教室区。土墙，铁皮屋顶（涂了绿漆）。下起雨来，铁皮屋顶被雨点打得乒乒乓乓地响，让人想起王禹偁的《黄冈竹楼记》。

这些教室方向不同，大小不一，里面放了一些一边有一块平板，可以在上面记笔记的木椅，都是本色，不漆油漆。木椅的设计可能还是从美国传来的，我在艾奥瓦、耶鲁都看见过。这种椅子的好处是不固定，可以从这个教室到那个教室任意搬来搬去。吴宓（雨僧）先生讲《红楼梦》，一看下面有女生还站着，就放下手杖，到别的教室去搬椅子。于是一些男同学就也赶紧到别的教室去搬椅子。到宝姐姐、林妹妹都坐下了，吴先生才开始讲。

这样的陋室之中，却培养了很多优秀的人才。

联大五十周年校庆时，校友从各地纷纷返校。一位从国外赶回来的老同学（是个男生），进了大门就跪在地下放声大哭。

前几年我重回昆明，到新校舍旧址（现在是云南师范大学）看了看，全都变了样，什么都没有了，只有东北角还保存了一间铁皮屋顶的教室，也岌岌可危了。

不衫不履

联大师生服装各异，但似乎又有一种比较一致的风格。

女生的衣着是比较整洁的。有的有几件华贵的衣服，那是少数军阀商人的小姐。但是她们也只是参加Party时才穿，上课时不会穿得花里胡哨的。一般女生都是一身阴丹士林旗袍，上身套一件红的毛衣。低年级的女生爱穿"工裤"——劳动布的长裤，上面有两条很宽的带子，白色或浅花的衬衫。这大概本是北京的女中学生流行的服装，这种风气被贝满等校的女生带到昆明来了。

男同学原来有些西装革履，裤线笔直的，也有穿麂皮夹克的，后来就日渐少了，绝大多数是蓝布长衫，长裤。几年下来，衣服破旧，就想各种办法"弥补"，如贴一张橡皮膏之类。有人裤子破了洞，不会补，也无针线，就找一根麻筋，把破洞结了一个疙瘩。这样的疙瘩名士不止一人。

教授的衣服也多残破了。闻一多先生有一个时期穿了一件一个亲戚送给他的灰色夹袍，式样早就过时，领子很高，袖子很窄。朱自清先生的大衣破得不能再穿，就买了一件云南赶马人穿的深蓝氆氇的一口钟（大概就是彝族察尔瓦）披在身上，远看有点像一个侠客。有一个女生从南院（女生宿舍）到新校舍去，天已经黑了，路上没有人，她听到后面有梯里突鲁的脚步声，以为是坏人追了上来，很紧张。回头一看，是化学教授曾昭抡。他穿了一双空前（露着脚趾）绝后鞋（后跟烂了，提不起来，只能半趿着），因此发出梯里突鲁的声音。

联大师生破衣烂衫，却每天孜孜不倦地做学问，真是穷且益坚，不坠青云之志，这种精神，人天可感。

当时"下海"的，也有。有的学生跑仰光、腊戌，贩卖"玻璃丝袜""旁氏口红"；有一个华侨同学在南屏街开了一家很大的咖啡馆，那是极少数。

采 薇

大学生大都爱吃，食欲很旺，有两个钱都吃掉了。

初到昆明，带来的盘缠尚未用尽，有些同学和家乡邮汇尚通，不时可以得到接济，一到星期天就出去到处吃馆子。汽锅鸡、过桥米线、新亚饭店的过油肘子、东月楼的锅贴乌鱼、映时春的油淋鸡、小西门马家牛肉馆的牛肉、厚德福的铁锅蛋、松鹤楼的腐乳肉、"三六九"（一家上海面馆）的大排骨面，全都吃了一个遍。

钱逐渐用完了,吃不了大馆子,就只能到米线店里吃米线、饵块。当时米线的浇头很多,有焖鸡(其实只是酱油煮的小方块瘦肉,不是鸡)、爨肉(即肉末,音窜,云南人不知道为什么爱写这样一个笔画繁多的怪字)、鳝鱼、叶子(油炸肉皮煮软,有的地方叫"响皮",有的地方叫"假鱼肚")。米线上桌,都加很多辣椒,——"要解馋,辣加咸"。如果不吃辣,进门就得跟堂倌说:"免红!"

到连吃米线、饵块的钱也没有的时候,便只有老老实实到新校舍吃大食堂的"伙食"。饭是"八宝饭",通红的糙米,里面有砂子、木屑、老鼠屎。菜,偶尔有一碗回锅肉、炒猪血(云南谓之"旺子"),常备的菜是盐水煮芸豆,还有一种叫魔芋豆腐"的紫灰色的、烂糊糊的淡而无味的奇怪东西。有一位姓郑的同学告诫同学:饭后不可张嘴——恐怕飞出只鸟来!

一九四四年,我在黄土坡一个中学教了两个学期。这个中学是联大办的,没有固定经费,薪水很少,到后来连一点极少的薪水也发不出来,校长(也是同学)只能设法弄一点米来,让教员能吃上饭。菜,对不起,想不出办法。学校周围有很多野菜,我们就吃野菜。校工老鲁是我们的技术指导。老鲁是山东人,原是个老兵,照他说,可吃的野菜简直太多了,但我们吃得最多的是野苋菜(比园种的家苋菜味浓)、灰菜(云南叫作灰藋菜,"藋"字见于《庄子》,是个很古的字),还有一种样子像一根

138

鸡毛掸子的扫帚苗。野菜吃得我们真有些面有菜色了。

有一个时期附近小山上柏树林里飞来很多硬壳昆虫,黑色,形状略似金龟子,老鲁说这叫豆壳虫,是可以吃的,好吃!他捉了一些,撕去硬翅,在锅里干爆了,撒了一点花椒盐,就起酒来。在他的示范下,我们也爆了一盘,闭着眼睛尝了尝,果然好吃。有点像盐爆虾,而且有一股柏树叶的清香,——这种昆虫只吃柏树叶,别的树叶不吃。于是我们有了就酒的酒菜和下饭的荤菜。这玩意儿多得很,一会儿的工夫就能捉一大瓶。

要写一写我在昆明吃过的东西,可以写一大本,撮其大要写了一首打油诗。怕读者看不明白,加了一些注解,诗曰:

重昇肆里陶杯绿,[①]
饵块摊来炭火红。[②]
正义路边养正气,[③]

[①]昆明的白酒分市酒和昇酒。市酒是普通的白酒,昇酒大概是用市酒再蒸一次,谓之"玫瑰重昇",似乎有点玫瑰香气。昆明酒店都是盛在绿陶的小碗里,一碗可盛二小两。——原注

[②]饵块分两种,都是米面蒸熟的。一种状如小枕头,可做烫饵块、炒饵块。一种是椭圆的饼,状如鞋底,在炭火上烤得发泡,一面用竹片涂了芝麻酱、花生酱、甜酱油、油辣子,对合而食之,谓之"烧饵块"。——原注

[③]汽锅鸡以正义路牌楼旁一家最好。这家无字号,只有一块匾,上书大字:"培养正气",昆明人想吃汽锅鸡,就说:"我们今天去培养一下正气。"——原注

小西门外试撩青。[1]

人间至味干巴菌,[2]
世上馋人大学生。
尚有灰藋堪漫吃,[3]
更循柏叶捉昆虫。

一半光阴付苦茶

昆明的大学生（男生）不坐茶馆的大概没有。不可一日无此君,有人一天不喝茶就难受。有人一天喝到晚,可称为"茶

---

[1]小西门马家牛肉极好。牛肉是蒸或煮熟的,不卖炒菜,分部位,如"冷片""汤片"……有的名称很奇怪,如大筋（牛鞭）、"领肝"（牛肚）。最特别的是"撩青"（牛舌）,牛的舌头可不是撩青草的么？但非懂行的人会觉得这很费解。"撩青"很好吃。——原注

[2]昆明菌子种类甚多,如"鸡㙡",这是菌中之王。但是一点我至今不明白它为什么只在白蚁窝上长"牛肝菌"(色如牛肝,生时熟后就像牛肝,有小毒,不可多吃,且须加大量的蒜,否则会昏倒。有个女同学吃多了牛肝菌,竟至休克）。"青头菌",菌盖青绿,菌丝白色,味较清雅。味道最为隽永深长,不可名状的是干巴菌。这东西中吃不中看,颜色紫褐,不成模样,简直像一堆牛屎,里面又夹杂了一些松毛、杂草。可是收拾干净了,撕成蟹腿状的小片,加青辣椒同炒,一箸入口,酒兴顿涨,饭量猛开。这真是人间至味！——原注

[3]"藋"字云南读平声。——原注

仙"。茶仙大抵有两派。一派是固定茶座。有一位姓陆的研究生,每天在一家茶馆里喝三遍茶,早,午,晚。他的牙刷、毛巾、洗脸盆就放这家茶馆里,一起来就上茶馆。另一派是流动茶客,有一姓朱的,也是研究生,他爱到处遛,腿累了就走进一家茶馆,坐下喝一气茶。全市的茶馆他都喝遍了。他不但熟悉每一家茶馆,并且知道附近哪儿是公共厕所,喝足了茶可以小便,不至被尿憋死。

关于喝茶,我写过一篇《泡茶馆》,已经发表过,写得相当详细,不再重复,有诗为证:

水厄囊空亦可赊,[①]
枯肠三碗嗑葵花。[②]
昆明七载成何事?
一半光阴付苦茶。

水流云在

云南人对联大学生很好,我们对云南、对昆明也很有感情。

[①]我们和凤翥街几家茶馆很熟,不但喝茶,吃芙蓉糕可以欠账,甚至可以向老板借钱去看电影。——原注

[②]茶馆常有女孩子来卖炒葵花子,绕桌轻唤:"瓜子瓜,瓜子瓜。"——原注

我们为云南做了一些什么事，留下一点什么？

有些联大师生为云南做了一些有益的实事，比如地质系师生完成了《云南矿产普查报告》，生物系师生写出了《中国植物志·云南卷》的长编初稿，其他还有多少科研成果，我不大知道，我不是搞科研的。

比较明显的，普遍的影响是在教育方面。联大学生在中学兼课的很多，连闻一多先生都在中学教过国文，这对昆明中学生学业成绩的提高，是有很大作用的。

更重要的是使昆明学生接受了民主思想，呼吸到独立思考，学术自由的空气，使他们为学为人都比较开放，比较新鲜活泼。这是精神方面的东西，是抽象的，是一种气质，一种格调，难于确指，但是这种影响确实存在。如云如水，水流云在。

觅我旅踪五十年

将去云南,临行前的晚上,写了三首旧体诗。怕到了那里,有朋友叫写字,临时想不出合适词句。一九八七年去云南,一路写了不少字,平地抠饼,现想词儿,深以为苦。其中一首是:

羁旅天南久未还,
故乡无此好湖山。
长堤柳色浓如许,
觅我旅踪五十年。

我在西南联大读书时,曾两度租了房子住在校外。一度在若园巷二号,一度在民强巷五号一位姓王的老先生家的东屋。民强巷五号的大门上刻着一副对联:

圣代即今多雨露
故乡无此好湖山

我每天进出，都要看到这副对子，印象很深。这副对联是集句。上联我到现在还没有查到出处，意思我也不喜欢。我们在昆明的时候，算什么"圣代"呢！下联是苏东坡的诗。王老先生原籍大概不是昆明，这里只是他的寓庐。他在门上刻了这样的对联，是借前人旧句，抒自己情怀。我在昆明待了七年。除了高邮、北京，在这里的时间最长，按居留次序说，昆明是我的第二故乡。少年羁旅，想走也走不开，并不真的是留恋湖山，写诗（应是偷诗）时不得不那样说而已。但是，昆明的湖山是很可留恋的。

我在民强巷时的生活，真是落魄到了极点。一贫如洗。我们交给房东的房租只是象征性的一点，而且常常拖欠。昆明有些人家也真是怪，愿意把闲房租给穷大学生住，不计较房租。这似乎是出于对知识的怜惜心理。白天，无所事事，看书，或者搬一个小板凳，坐在廊檐下胡思乱想。有时看到庭前寂然的海棠树有一小枝轻轻地弹动，知道是一只小鸟离枝飞去了。或是无目的地到处游逛，联大的学生称这种游逛为Wandering（闲逛）。晚上，写作，记录一些印象、感觉、思绪，片片段段，近似纪德的《地粮》。毛笔，用晋人小楷，写在自己订成的一个很大的棉纸本子上。这种习作是不准备发表的，也没有地方发表。不停地抽烟，扔得满地都是烟蒂，有时烟抽完了，就在地下找找，拣起较长的烟蒂，点了火再抽两口。睡得很晚。没有床，我就睡在一个高高的条几上，这条几也就是一尺多宽。被窝的里面都已不知去向，只剩下一条棉絮。我无论冬夏，都是拥絮而眠。条几临窗，窗外是隔壁邻居的鸭圈，每天都到这些鸭子嘎嘎叫起来，天已薄亮时，才睡。有时没钱吃饭，就坚卧不起。同学朱德熙见我到十一点钟还没有露面，——我每天都要到他那里聊一会儿的，就夹了一本字典来，叫："起来，去吃饭！"把字典卖掉，吃了饭，Wandering，或到"英国花园"（英国领事馆的花园）的草地上躺着，看天上的云，说一些"没有两片树叶长在一个空间"之类的虚无缥缈的胡话。

有一次替一个小报约稿，去看闻一多先生。闻先生看了我的颓废的精神状态，把我痛斥了一顿。我对他的参与政治活动也不以为然，直率地提出了意见。回来后，我给他写了一封短信，说他对我俯冲了一通。闻先生回信说："你也对我高射了一通。今天晚上你不要出去，我来看你。"当天，闻先生来看了我。他那天说了什么，我已经不记得了，看了我，他就去闻家驷先生家了，——闻家驷先生也住在民强巷。闻先生是很喜欢我的。

若园巷二号的房东是一个上了年纪的寡妇，她没有儿女，只和一个又像养女又像使女的女孩子同住楼下的正屋，其余两进房屋都租给联大学生。我和王道乾同住一屋，他当时正在读蓝波的诗，写波特莱尔式的小散文，用粉笔到处画着普希金的侧面头像，把宝珠梨切成小块用线穿成一串喂养果蝇。后来到了法国，在法国入了党，成了专译马克思主义文艺理论的翻译家。他的转折，我一直不了解。若园巷的房客还有何炳棣、吴讷孙，他们现在都在美国，是美籍华人了，一个是历史学家，一个是美学和美术史专家。有一年春节，吴讷孙写了一副春联，贴在大门上：

人斗南唐金叶子
街飞北宋闹蛾儿

这副对联很有点富贵气，字也写得很好。闹蛾儿自然是没有的，昆明过年也只是放鞭炮。"金叶子"是指扑克牌。联大师生打桥牌成风，这位Nelson先生就是一个桥牌迷。吴讷孙写了一本反映联大生活的长篇小说《未央歌》，在台湾多次再版。一九八七年我在美国见到他，他送了我一本。

若园巷二号院里有一棵很大的缅桂花（即白兰花）树，枝叶繁茂，坐在屋里，人面一绿。花时，香出巷外。房东老太太隔两三天就搭了短梯，叫那个女孩子爬上去，摘下很多半开的花苞，裹在绿叶里，拿到花市上去卖。她怕我们乱摘她的花，就主动用白磁盘码了一盘花，洒一点清水，给各屋送去。这些缅桂花，我们大都转送了出去。曾给萧珊、王树藏送了两次。今萧珊、树藏都已去世多年，思之怅怅。

我们这次到昆明，当天就要到玉溪去，哪里也顾不上去看看，只和冯牧陪凌力去找了找逼死坡。路，我还认得，从青莲街上去，拐个弯就是。一九三九年，我到昆明考大学，在青莲街的同济大学附中寄住过。青莲街是一个相当陡的坡，原来铺的是麻石板；急雨时雨水从五华山奔泻而下，经陡坡注入翠湖，水流石上，哗哗作响，很有气势。现在改成了沥青路面。昆明城里再找一条麻石板路，大概没有了。逼死坡还是那样。路边立有一碑："明永历帝殉国处"，我记得以前是没有的，大概是后来立的。凌力将写南明历史，自然要来看看遗迹。我无感触，只想起坡下原来有一家铺子卖核桃糖，装在一个玻璃匣子里，很好吃，也很便宜。

我们一行的目标是滇西，原以为回昆明后可以到处走走，不想到了玉溪第二天就崴了脚，脚上敷了草药，缠了绷带，拄杖跛行了瑞丽、芒市、保山等地，人很累了。脚伤未愈，来访客人又多，懒得行动。翠湖近在咫尺，也没有进去，只在宾馆门前，眺望了几回。

即目可见的风景，一是湖中的多孔石桥，一是近西岸的圆圆的小岛。

这座桥架在纵贯翠湖的通路上，是我们往来市区必经的。我在昆明七年，在这座桥上走过多少次，真是无法计算了。我记得这条道路的两侧原来是有很高大的柳树的。人行路上，柳条拂肩，溶溶柳色，似乎透入体内。我诗中所说"长堤柳色浓如许"，主要即指的是这条通路上的垂柳。柳树是有的，但是似乎矮小，也稀疏，想来是重栽的了。

那座圆形的小岛，实是个半岛，对面是有小径通到陆上的。我曾在一个月夜和两个女同学到岛上去玩。岛上别无景点，平常极少游客，夜间更是阒无一人，十分安静。不料幽赏未已，来了一队警备司令部的巡逻兵，一个班长，把我们骂了一顿："半夜三更，你们到这里来整哪样？你们校长，就是这样教育你们哪！"语气非常粗野。这不但是煞风景，而且身为男子，受到这样的侮辱，却还不出一句话来，实在是窝囊。我送她们回南院（女生宿舍），一路沉默。这两个女学生现在大概都已经当了祖母，她们大概已经不记得那晚上的事了。隔岸看小岛，杂树翁郁，还似当年。

本想陪凌力去看看莲花池，传说这是陈圆圆自沉的地方。凌力要到图书馆去抄资料，听说莲花池已经没有水（一说有水，但很小），我就没有单独去的兴致。

《滇池》编辑部的三位同志来看我，再三问我想到哪里看看，我说脚疼，哪里也不想去。他们最后建议：有一个花鸟市场，不远，乘车去，一会儿就到，去看看。盛情难却，去了。看了出售的花、鸟、猫、松鼠、小猴子、新旧银器……我问："这条街原来是什么街？"——"甬道街"。甬道街！我太熟了，我告诉他们，这里原来有一家馆子，鸡做得很好，昆明人想吃鸡，都上这家来。这家饭馆还有个特点，用大锅熬了一锅苦菜汤，苦菜汤是不收钱的，可以用大碗自己去舀。现在已经看不出痕迹了。

甬道街的隔壁,是文明街,过去都叫"文明新街"。一眼就看出来,两边的店铺都是两层楼木结构,楼上临街是栏杆,里面是隔扇。这些房子竟还没有坏!文明街是卖旧货的地方。街两边都是旧货摊。一到晚上,点了电石灯,满街都是电石臭气。什么旧货都有,玛瑙翡翠、铜佛瓷瓶、破铜烂铁。沿街浏览,蹲下来挑选问价,也是个乐趣。我们有个同班的四川同学,姓李,家里寄来一件棉袍,他从邮局取出来,拆开包裹线,到了文明街,把棉袍搭在胳膊上:"哪个要这件棉袍!"当时就卖掉了,伙同几个同学,吃喝了一顿。街右有几家旧书店,收集中外古今旧书。联大学生常来光顾,买书,也卖书。最吃香的是工具书。有一个同学,发现一家旧书店收购《辞源》的收价,比定价要高不少。出街口往西不远,就是商务印书馆。这位老兄于是到商务印书馆以原价买出一套崭新的《辞源》,拿到旧书店卖掉。文明街有三家瓷器店,都是桐城人开的。昆明的操瓷器业者多为桐城帮。朱德熙的丈人家所开的瓷器店即在街的南头。德熙婚后,我常随他到他丈人家去玩,和孔敬(德熙的夫人)到后面仓库里去挑好玩的小酒壶、小花瓶。桐城人请客,每个菜都带汤,谓之"水碗",桐城人说:"我们吃菜,就是这样汤汤水水的。"美国在广岛扔了原子弹后,一天,有两个美国兵来买瓷器,德熙伏在柜台上和他们谈了一会儿。这两个美国兵一定很奇怪:瓷器店里怎么会有一个能说英语的伙计,而且还懂原子物理!

这文明街为文庙西街,再西,即为正义路。这条路我走过多次，现在也还认得出来。

我十九岁到昆明，今年七十一岁，说游踪五十年，是不错的。但我这次并没有去寻觅。朋友建议我到民强巷和若园巷看看，已经到了跟前，不知道为什么，我不怎么想去。

昆明我还是要来的！昆明是可依恋的。当然，可依恋的不只是五十年前的旧迹。

记住：下次再到云南，不要崴脚！

辑 三

记昆明二三事
〜〜

泡茶馆

"泡茶馆"是联大学生特有的语言。本地原来似无此说法，本地人只说"坐茶馆"。"泡"是北京话，其含义很难准确地解释清楚。勉强解释，只能说是持续长久地沉浸其中，像泡泡菜似的泡在里面。"泡蘑菇""穷泡"，都有长久的意思。北京的学生把北京的"泡"字带到了昆明，和现实生活相结合起来，便创造出一个新的语汇。"泡茶馆"，即长时间地在茶馆里坐着。本地的"坐茶馆"也含有时间较长的意思。到茶馆里去，首先是坐，其次才是喝茶（云南叫吃茶）。不过联大的学生在茶馆里坐的时间往往比本地人长，长得多，故谓之"泡"。

有一个姓陆的同学，是一怪人，曾经徒步旅行半个中国。这人真是一个泡茶馆的冠军。他有一个时期，整天在一家熟识的茶馆里泡着。他的盥洗用具就放在这家茶馆里。一起来就到茶馆里去洗脸刷牙，然后坐下来，泡一碗茶，吃两个烧饼，看书。一直到中午，起身出去吃午饭。吃了饭，又是一碗茶，直到吃晚饭。晚饭后，又是一碗，直到街上灯火阑珊，才挟着一本很厚的书回宿舍睡觉。

昆明的茶馆共分几类，我不知道。大别起来，只能分为两类，一类是大茶馆，一类是小茶馆。

正义路原先有一家很大的茶馆，楼上楼下，有几十张桌子。都是荸荠紫漆的八仙桌，很鲜亮。因为在热闹地区，坐客常满，人声嘈杂。所有的柱子上都贴着一张很醒目的字条："莫谈国事"。时常进来一个看相的术士，一手捧一个六寸来高的硬纸片，上书该术士的大名（只能叫作大名，因为往往不带姓，不能叫"姓名"；又不能叫"法名""艺名"，因为他并未出家，也不唱戏），一只手捏着一根纸媒子，在茶桌间绕来绕去，嘴里念说着"送看手相不要钱"！"送看手相不要钱"——他手里这根媒子即是看手相时用来指示手纹的。

这种大茶馆有时唱围鼓。围鼓即由演员或票友清唱。我很喜欢"围鼓"这个词。唱围鼓的演员、票友好像是不取报酬的。只是一群有同好的闲人聚拢来唱着玩。但茶馆却可借来招揽顾客，所以茶馆便于闹市张贴告条："某月日围鼓。"到这样的茶馆里来一边听围鼓，一边吃茶，也就叫作"吃围鼓茶"。"围鼓"这个词大概是从四川来的，但昆明的围鼓似多唱滇剧。我在昆明七年，对滇剧始终没有入门。只记得不知什么戏里有一句唱词"孤王头上长青苔"。孤王的头上如何会长青苔呢？这个设想实在是奇绝，因此一听就永不能忘。

我要说的不是那种"大茶馆"。这类大茶馆我很少涉足，而且有些大茶馆，包括正义路那家兴隆鼎盛的大茶馆，后来大都陆续停闭了。我所说的是联大附近的茶馆。

从西南联大新校舍出来,有两条街,凤翥街和文林街,都不长。这两条街上至少有不下十家茶馆。

从联大新校舍,往东,折向南,进一座砖砌的小牌楼式的街门,便是凤翥街。街头右手第一家便是一家茶馆。这是一家小茶馆,只有三张茶桌,而且大小不等,形状不一的茶具也是比较粗糙的,随意画了几笔兰花的盖碗。除了卖茶,檐下挂着大串大串的草鞋和地瓜(即湖南人所谓的凉薯),这也是卖的。张罗茶座的是一个女人。这女人长得很强壮,皮色也颇白净。她生了好些孩子。身边常有两个孩子围着她转,手里还抱着一个孩子。她经常敞着怀,一边奶着那个早该断奶的孩子,一边为客人冲茶。她的丈夫,比她大得多,状如猿猴,而目光锐利如鹰。他什么事情也不管,但是每天下午却捧了一个大碗喝牛奶。这个男人是一头种畜。这情况使我们颇为不解。这个白皙强壮的妇人,只凭一天卖几碗茶,卖一点草鞋、地瓜,怎么能喂饱了这么多张嘴,还能供应一个懒惰的丈夫每天喝牛奶呢?怪事!中国的妇女似乎有一种天授的惊人的耐力,多大的负担也压不垮。

由这家往前走几步,斜对面,曾经开过一家专门招揽大学生的新式茶馆。这家茶馆的桌椅都是新打的,涂了黑漆。堂倌系着白围裙。卖茶用细白瓷壶,不用盖碗(昆明茶馆卖茶一般都用盖碗)。除了清茶,还卖沱茶、香片、龙井。本地茶客从门外过,伸头看看这茶馆的局面,再看看里面坐得满满的大学生,就会挪步另走一家了。这家茶馆没有什么值得一记的事，而且开了不久就关了。联大学生至今还记得这家茶馆是因为隔壁有一家卖花生米的。这家似乎没有男人，站柜卖货是姑嫂两人，都还年轻，成天涂脂抹粉。尤其是那个小姑子，见人走过，辄作媚笑。联大学生叫她"花生西施"。这西施卖花生米是看人行事的。好看的来买，就给得多。难看的给得少。因此我们每次买花生米都推选一个挺拔英俊的"小生"去。

再往前几步，路东，是一个绍兴人开的茶馆。这位绍兴老板不知怎的会跑到昆明来，又不知为什么在这条小小的凤翥街上来开一爿茶馆。他至今乡音未改。大概他有一种独在异乡为异客的情绪，所以对待从外地来的联大学生异常亲热。他这茶馆里除了卖清茶，还卖一点芙蓉糕、萨其马、月饼、桃酥，都装在一个玻璃匣子里。我们有时觉得肚子里有点缺空而又不到吃饭的时候，便到他这里一边喝茶一边吃两块点心。有一个善于吹口琴的姓王的同学经常在绍兴人茶馆喝茶。他喝茶，可以欠账。不但喝茶可以欠账，我们有时想看电影而没有钱，就由这位口琴专家出面向绍兴老板借一点。绍兴老板每次都是欣然地打开钱柜，拿出我们需要的数目。我们于是欢欣鼓舞，兴高采烈，迈开大步，直奔南屏电影院。

再往前，走过十来家店铺，便是凤翥街口，路东路西各有一家茶馆。

路东一家较小，很干净，茶桌不多。掌柜的是个瘦瘦的男人，有几个孩子。掌柜的事情多，为客人冲茶续水，大都由一个十三四岁的大儿子担任，我们称他这个儿子为"主任儿子"。街西那家又脏又乱，地面坑洼不平，一地的烟头、火柴棍、瓜子皮。茶桌也是七大八小，摇摇晃晃，但是生意却特别好。从早到晚，人坐得满满的。也许是因为风水好。这家茶馆正在凤翥街和龙翔街交接处，门面一边对着凤翥街，一边对着龙翔街，坐在茶馆，两条街上的热闹都看得见。到这家吃茶的全部是本地人，本街的闲人、赶马的"马锅头"、卖柴的、卖菜的。他们都抽叶子烟。要了茶以后，便从怀里掏出一个烟盒——圆形，皮制的，外面涂着一层黑漆，打开来，揭开覆盖着的菜叶，拿出剪好的金堂叶子，一支一支地卷起来。茶馆的墙壁上张贴、涂抹得乱七八糟。但我却于西墙上发现了一首诗，一首真正的诗：

记得旧时好，
跟随爹爹去吃茶。
门前磨螺壳，
巷口弄泥沙。

是用墨笔题写在墙上的，这使我大为惊异了。这是什么人写的呢？

每天下午，有一个盲人到这家茶馆来说唱。他打着扬琴，说唱着。照现在的说法，这应是一种曲艺，但这种曲艺该叫什么名称，我一直没有打听着。我问过"主任儿子"，他说是"唱扬琴的"，我想不是。他唱的是什么？我有一次特意站下来听了一会儿，是：

……
良田美地卖了，
高楼大厦拆了，
娇妻美妾跑了，
狐皮袍子当了，
……

我想了想，哦，这是一首劝戒鸦片的歌，他这唱的是鸦片烟之为害。这是什么时候传下来的呢？说不定是林则徐时代某一忧国之士的作品。但是这个盲人只管唱他的，茶客们似乎都没有在听，他们仍然在说话，各人想自己的心事。到了天黑，这个盲人背着扬琴，点着马杆，踽踽地走回家去。我常常想：他今天能吃饱吗？

进大西门，是文林街，挨着城门口就是一家茶馆。这是一家最无趣味的茶馆。茶馆墙上的镜框里装的是美国电影明星的照片，蓓蒂·黛维丝、奥丽薇·德·哈弗兰、克拉克·盖博、泰伦宝华……除了卖茶，还卖咖啡、可可。这家的特点是：进进出出的除了穿西服和麂皮夹克的比较有钱的男同学外，还有把头发卷成一根一根香肠似的女同学。有时到了星期六，还开舞会。茶馆的门关了，从里面传出《蓝色的多瑙河》和《风流寡妇》舞曲，里面正在"嘣嚓嚓"。

和这家斜对着的一家，跟这家截然不同。这家茶馆除卖茶，还卖煎血肠。这种血肠是牦牛肠子灌的，煎起来一街都闻见一种极其强烈的气味，说不清是异香还是奇臭。这种西藏食品，那些把头发卷成香肠一样的女同学是绝对不敢问津的。

由这两家茶馆往东，不远几步，面南便可折向钱局街。街上有一家老式的茶馆，楼上楼下，茶座不少。说这家茶馆是"老式"的，是因为茶馆备有烟筒，可以租用。一段青竹，旁安一个粗如小指半尺长的竹管，一头装一个带爪的莲蓬嘴，这便是"烟筒"。在莲蓬嘴里装了烟丝，点以纸媒，把整个嘴埋在筒口内，尽力猛吸，筒内的水咚咚作响，浓烟便直灌肺腑，顿时觉得浑身通泰。吸烟筒要有点功夫，不会吸的吸不出烟来。茶馆的烟筒比家用的粗得多，高齐桌面，吸完就靠在桌腿边，吸时尤需底气充足。这家茶馆门前，有一个小摊，卖酸角（不知什么树上结的，形状有点像皂荚，极酸，入口使人攒眉）、拐枣（也是树上结的，应该算是果子，状如鸡爪，一疙瘩一疙瘩的，有的地方即叫作鸡脚爪，味道很怪，像红糖，又有点像甘草）和泡梨（糖梨泡在盐水里，梨味本是酸甜的，昆明人却偏于盐水内泡而食之。泡梨仍有梨香，而梨肉极脆嫩）。过了春节则有人于门前卖葛根。葛根是药，我过去只在中药铺见过，切成四方的棋子块儿，是已经经过加工的了，原物是什么样子，我是在昆明才见到的。这种东西可以当零食来吃，我也是在昆明才知道。一截葛根，粗如手臂，横放在一块板上，外包一块湿布。给很少的钱，卖葛根的便操起有点像北京切涮羊肉的肉片用的那种薄刃长刀，切下薄薄的几片给你。雪白的。嚼起来有点像干瓢的生白薯片，而有极重的药味。据说葛根能清火。联大的同学大概很少人吃过葛根。我是什么奇奇怪怪的东西都要买一点尝一尝的。

大学二年级那一年，我和两个外文系的同学经常一早就坐在这家茶馆靠窗的一张桌边，各自看自己的书，有时整整坐一上午，彼此不交谈。我这时才开始写作，我的最初几篇小说，即是在这家茶馆里写的。茶馆离翠湖很近，从翠湖吹来的风里，时时带有水浮莲的气味。

回到文林街。文林街中，正对府甬道，后来新开了一家茶馆。这家茶馆的特点一是卖茶用玻璃杯，不用盖碗，也不用壶。不卖清茶，卖绿茶和红茶。红茶色如玫瑰，绿茶苦如猪胆。第二是茶桌较少，且覆有玻璃桌面。在这样桌子上打桥牌实在是再适合不过了，因此到这家茶馆来喝茶的，大都是来打桥牌的，这茶馆实在是一个桥牌俱乐部。联大打桥牌之风很盛。有一个姓马的同学每天到这里打桥牌。新中国成立后，我才知道他是老地下党员，昆明学生运动的领导人之一。学生运动搞得那样热火朝天，他每天都只是很闲在、很热衷地在打桥牌，谁也看不出他和学生运动有什么关系。

文林街的东头，有一家茶馆，是一个广东人开的，字号就叫"广发茶社"——昆明的茶馆我记得字号的只有这一家，原因之一是我后来住在民强巷，离广发很近，经常到这家去。原因之二是——经常聚在这家茶馆里的，有几个助教、研究生和高年级的学生。这些人多多少少有一点玩世不恭。那时联大同学常组织什么学会，我们对这些俨乎其然的学会微存嘲讽之意。有一天，广发的茶友之一说："咱们这也是一个学会——广发学会！"这本是一句茶余的笑话。不料广发的茶友之一，后来在一次运动中被整得不可开交，胡乱交代问题，说他曾参加过"广发学会"。这就惹下了麻烦。几次有人专程到北京来外调"广发学会"问题。被调查的人心里想笑，又笑不出来，因为来外调的政工人员态度非常严肃。广发茶馆代卖广东点心。所谓广东点心，其实只是包了不同味道的甜馅小酥饼，面上却一律贴了几片香菜叶子，这大概是这一家饼师的特有的手艺。我在别处吃过广东点心，就没有见过面上贴有香菜叶子的——至少不是每一块都贴。

或问：泡茶馆对联大学生有些什么影响？答曰：第一，可以养其浩然之气。联大的学生自然也是贤愚不等，但多数是比较正派的。那是一个污浊而混乱的时代，学生生活又穷困得近乎潦倒，但是很多人却能自许清高，鄙视庸俗，并能保持绿意葱茏的幽默感，用来对付恶浊和穷困，并不颓丧灰心，这跟泡茶馆是有些关系的。第二，茶馆出人才。联大学生上茶馆，并不是穷泡，除了瞎聊，大部分时间都是用来读书的。联大图书馆座位不多，宿舍里没有桌凳，看书多半在茶馆里。联大同学上茶馆很少不挟着一本乃至几本书的。不少人的论文、读书报告，都是在茶馆写的。有一年一位姓石的讲师的《哲学概论》期终考试，我就是把考卷拿到茶馆里去答好了再交上去的。联大八年，出了很多人才。研究联大校史，搞"人才学"，不能不了解联大附近的茶馆。第三，泡茶馆可以接触社会。我对各种各样的人、各种各样的生活都发生兴趣，都想了解了解，跟泡茶馆有一定关系。如果我现在还算一个写小说的人，那么我这个小说家是在昆明的茶馆里泡出来的。

昆明的吃食

几家老饭馆

东月楼。东月楼在护国路,这是一家地道的云南饭馆。其名菜是锅贴乌鱼。乌鱼两片,去其边皮,大小如云片糕,中夹宣威火腿一片,于平铛上文火烙熟,极香美。宜酒宜饭,也可作点心。我在别处未吃过,在昆明别家饭馆也未吃过,信是人间至味。

东月楼另一名菜是酱鸡腿。入味,而鸡肉不"柴"。

映时春。映时春在武成路东口,这是一家不大不小的饭馆。最受欢迎的菜是油淋鸡。生鸡剁为大块,以热油反复浇灼,至熟,盛以一尺二寸的大盘,蘸花椒盐吃,皮酥肉嫩。一盘上桌,顷刻无余。

映时春还有两道菜为别家所无。一是雪花蛋。乃以温油慢炒鸡蛋清,上撒火腿细末。雪花蛋比北方饭馆的芙蓉鸡片更为细嫩。然无宣腿细末则无以发其香味。如用蛋黄,以同法炒之,则名桂花蛋。

这是一个两层楼的饭馆。楼下散座,卖冷荤小菜,楼上卖热炒。楼上有两张圆桌,六张大八仙桌,座位经常总是满的。招呼那么多客人,却只有一个堂倌。这位堂倌真是能干。客人点了菜,他记得清清楚楚(从前的饭馆是不记菜单的),随即向厨房里大声报出菜名。如果两桌先后点了同一样菜,就大声追加一句:"番茄炒鸡蛋一作二(一锅炒两盘)。"听到厨房里锅铲敲炒的声音,知道什么菜已经起锅,就飞快下楼(厨房在楼下,在店堂之里,菜炒得了,由墙上一方窗口递出),转眼之间,又一手托一盘菜,飞快上楼,脚踩楼梯,噔噔噔噔,麻溜之至。他这一天上楼下楼,不知道有多少趟。累计起来,他一天所走的路怕有几十里。客人吃完了,他早已在心里把账算好,大声向楼下账桌报出钱数:下来几位,几十元几角。他的手、脚、嘴、眼一刻不停,而头脑清晰灵敏,从不出错,这真是个有过人精力的堂倌。看到一个精力旺盛的人,是叫人高兴的。

过桥米线·汽锅鸡

这似乎是昆明菜的代表作,但是今不如昔了。

原来卖过桥米线最有名的一家,在正义路近文庙街拐角处,一个牌楼的西边。这一家的字号不大有人知道,但只要说去吃过桥米线,就知道指的是这一家,好像"过桥米线"成了这家的店名。这一家所以有名,一是汤好。汤面一层鸡油,看似毫无热气,而汤温在一百度以上。据说有一个"下江人"司机不懂吃过桥米线的规矩,汤上来了,他咕咚喝下去,竟烫死了。二是片料讲究,鸡片、鱼片、腰片、火腿片,都切得极薄,而又完整无残缺,推入汤碗,即时便熟,不生不老,恰到好处。

专营汽锅鸡的店铺在正义路近金碧路处。这家的字号也不大有人知道,但店里有一块匾,写的是"培养正气",昆明人碰在一起,想吃汽锅鸡,就说:"我们去培养一下正气。"中国人吃鸡之法有多种,其最著名者有广州盐焗鸡、常熟叫花鸡,而我以为应数昆明汽锅鸡为第一。汽锅鸡的好处在哪里?曰:最存鸡之本味。汽锅鸡须少放几片宣威火腿,一小块三七,则鸡味越"发"。走进"培养正气",不似走进别家饭馆,五味混杂,只是清清纯纯,一片鸡香。

为什么现在的汽锅鸡和过桥米线不如从前了?从前用的鸡不是一般的鸡,是"武定壮鸡"。"壮"不只是肥壮而已,这是经过一种特殊的技术处理的鸡。据说是把母鸡骗了。我只听说过公鸡有骗了的,没有听说母鸡也能骗。母鸡骗了,就使劲长肉,"壮"了。这种手术只有武定人会做。武定现在会做的人也不多了,如不注意保存,可能会失传的。我对母鸡能骗,始终有点将信将疑。不过武定鸡确实很好。前年在昆明,佤族女作家董秀英的爱人,特意买到一只武定壮鸡,做出汽锅鸡来,跟我五十年前在昆明吃的还是一样。

甬道街鸡𥻗。鸡𥻗之名甚怪。为什么叫"鸡𥻗",到现在还没有人解释清楚。这是一种菌子,它生长的地方也怪,长在田野间的白蚁窝上。为什么专在白蚁窝上生长,到现在也还没有人解释清楚。鸡𥻗的菌盖不大,而下面的菌把甚长而粗。一般菌子中吃的部分多在菌盖,而鸡𥻗好吃的地方正在菌把。鸡𥻗可称菌中之王。鸡𥻗的味道无法比方。不得已,可以说这是"植物鸡"。味似鸡,而细嫩过之,入口无渣,甚滑,且有一股清香。如果用一个字形容鸡𥻗的口感,可以说是:腴。甬道街有一家中等本地饭馆,善做鸡𥻗,极有名。

这家还有一个特别处,用大锅煮了一锅苦菜汤。这苦菜汤是奉送的,顾客可以自己拿了大碗去盛。汤甚美,因为加了一些洗净的小肠同煮。

昆明是菌类之乡。除鸡𥻗外,干巴菌、牛肝菌、青头菌,都好吃。

小西门马家牛肉馆。马家牛肉馆只卖牛肉一种,亦无煎炒烹炸,所有牛肉都是头天夜里蒸煮熟了的,但分部位卖。净瘦肉切薄片,整齐地在盘子里码成两溜,谓之"冷片",蘸甜酱油吃。甜酱油我只在云南见过,别处没有。冷片盛在碗里浇以热汤,则为"汤片",也叫"汤冷片"。牛肉切成骨牌大的块,带点筋头巴脑,以红曲染过,亦带汤,为"红烧"。有的名目很奇怪,外地人往往不知道这是什么部位的。牛肚叫作"领肝",牛舌叫

"撩青"。"撩青"之名甚为形象,牛舌头的用处可不是撩起青草往嘴里送吗?不大容易吃到的是"大筋",即牛鞭也。有一次我陪一位女同学上马家牛肉馆,她问:"这是什么东西?"我真没法回答她。

马家隔壁是一家酱园。不时有人托了一个大搪瓷盘,摆上七八样酱菜,放在小碟子里,藠头、韭菜花、腌姜……供人下饭(马家是卖白米饭的)。看中哪几样,即可点要,所费不多。这颇让人想起《东京梦华录》之类的书上所记的南宋遗风。

护国路白汤羊肉。昆明一般饭馆里是不卖羊肉的。专卖羊肉的只有不多的几家,也是按部位卖,如"拐骨"(带骨腿肉)、"油腰"(整羊腰,不切)、"灯笼"(羊眼)……都是用红曲染了的。只有护国路一家卖白汤羊肉,带皮,汤白如牛乳,蘸花椒盐吃。

奎光阁面点。奎光阁在正义路,不卖炒菜米饭,只卖面点,昆明似只此一家。卖葱油饼(直径五寸,葱甚多,猪油煎,两面焦黄)、锅贴、片儿汤(白菜丝、蛋花下面片)。

玉溪街蒸菜。玉溪街有一家玉溪人开的饭馆,只卖蒸菜,不卖别的。好几摞小笼,一屋子热气腾腾。蒸鸡、蒸骨、蒸肉……"瓤(读去声)小瓜"甚佳。小南瓜挖去瓤(此读平声),塞入切碎的猪肉，蒸熟去笼盖，瓜香扑鼻。这家蒸菜的特点是衬底不用洋芋、白薯，而用皂角仁。皂角仁这东西，我的家乡女人绣花时用来"光"（去声）绒，绒沾皂仁黏液，则易入针，且绣出的花有光泽。云南人却拿来吃，真是闻所未闻。皂角仁吃起来细腻软糯，很有意思。皂角仁不可多吃。我们过腾冲时，宴会上有一道皂角仁做的甜菜，一位河北老兄一勺又一勺地往下灌。我警告他：这样吃法不行，他不信。结果是这位老兄才离座席，就上厕所。皂角仁太滑了，到了肠子里会飞流直下。

米线饵块

米线属米粉一类。湖南米粉、广东的沙河粉，都是带状，扁而薄。云南的米线是圆的，粗细如线香，是用压饸饹似的办法压出来的。这东西本来就是熟的，临吃加汤及配料，煮两开即可。昆明讲究"小锅米线"。小铜锅，置炭火上，一锅煮两三碗，甚至只煮一碗。

米线的配料最常见的是"焖鸡"。焖鸡其实不是鸡，而是加酱油、花椒、大料煮出的小块净瘦肉（可能过油炒过）。本地人爱吃焖鸡米线。我们刚到昆明时，昆明的电影院里放的都是美国电影，有一个略懂英语的人坐在包厢（那时的电影院都有包厢）的一角以意为之地加以译解，叫作"演讲"。有一次在大众电影院，影片中有一个情节，是约翰请玛丽去"开餐"，"演讲"的人说："玛丽呀，你要哪样？"楼下观众中有一个西南联大的同学大声答了一句："两碗焖鸡米线！"这本来是开开玩笑，不料"演讲"人立即把电影停住，把全场的灯都开了，厉声问："是哪个说的？哪个说的！"差一点打了一次群架。"演讲"人认为这是对云南人的侮辱。其实焖鸡米线是很好吃的。

另一种常见的米线是"爨肉米线"，即在米线锅中放入肉末。这个"爨"字实在难写。但是昆明的米线店的价目表上都是这样写的。大概云南有《爨宝子》《爨龙颜》两块名碑，云南人对它很熟悉，觉得这样写很亲切。

巴金先生在写怀念沈从文先生的文章中，说沈先生请巴老吃了两碗米线，加一个鸡蛋，一个西红柿，就算一顿饭。这家卖米线的铺子，就在沈先生住的文林街宿舍的对面。沈先生请我吃过不止一次。他们吃的大概是"爨肉米线"。

米线也还有别的配料。文林街另一家卖米线的就有：鳝鱼米线，鳝鱼切片，酱油汤煮，加很多蒜瓣；叶子米线，猪肉皮晾干油炸过，再用温水发开，切成长片，入汤煮透，这东西有的地方叫"响皮"，有的地方叫"假鱼肚"，昆明叫"叶子"。

苋忠寺坡有两家卖"炢肉米线"。大块肥瘦猪肉，煮极烂，置大瓷盘中，用竹片刮下少许，置米线上，浇以滚开的白汤。

青莲街有一家卖羊血米线。大锅煮羊血，米线煮开后，舀半生羊血一大勺，加芝麻酱、辣椒、蒜泥。这种米线吃法甚"野"，而鄙人照吃不误。

护国路有一家卖炒米线。小锅，放很多猪油，少量的汤汁，加大量的辣椒炒。甚咸而极辣。

凉米线。米线加一点绿豆芽之类的配菜，浇作料。加作料前堂倌要问："吃酸醋吗甜醋？"一般顾客都说："酸甜醋。"即两样醋都要。甜醋别处未见过。

米粉揉成小枕头状的一坨，蒸熟，是为饵块。切成薄片，可加肉丝青菜同炒，为炒饵块；加汤煮，为煮饵块。云南人认为腾冲饵块最好。腾冲人把炒饵块叫作"大救驾"。据说明永历帝被吴三桂追赶，将逃往缅甸，至腾冲，没吃的，饿得走不动了，有人给他送了一盘炒饵块，万岁爷狼吞虎咽，吃得精光，连说："这可救了驾了！"我在腾冲吃过大救驾，没吃出所以然，大概我那天也不太饿。

饵块切成火柴棍大小的细丝，叫作饵丝。饵丝缅甸也有。我曾在中缅交界线上吃过一碗饵丝。那地方的国界没有山，也没有河，只是在公路上用白粉画一道三寸来宽的线，线以外是缅甸，线以内是中国。紧挨着国境线，有一个缅甸人摆的饵丝摊。这边把钱（人民币）递过去，那边就把饵丝递过来。手过国界没关系，只要脚不过去，就不算越境。缅甸饵丝与中国饵丝味道一样！

还有一种饵块是米面的饼，形状略似北方的牛舌饼，但大一些，有一点像鞋底子。用一盆炭火，上置铁箅子，将饵块饼摊在箅子上烤，不停地用油纸扇扇着，待饵块起泡发软，用竹片涂上芝麻酱、花生酱、甜酱油、油辣子，对折成半月形，谓之"烧饵块"。入夜之后，街头常见一盆红红的炭火，听到一声悠长的吆唤："烧饵块！"给不多的钱，一"块"在手，边走边吃，自有一种情趣。

点心和小吃

火腿月饼。昆明吉庆祥火腿月饼天下第一。因为用的是"云腿"（宣威火腿），做工也讲究。过去四个月饼一斤，按老秤说是四两一个，称为"四两砣"。前几年有人从昆明给我带了两盒"四两砣"来，还能保持当年的质量。

破酥包子。油和的发面做的包子。包子的名称中带一个"破"字，似乎不好听。但也没有办法，因为蒸得了皮面上是有一些小小裂口。糖馅肉馅皆有，吃是很好吃的，就是太"油"了。你想想，油和的面，刚揭笼屉，能不"油"吗？这种包子，一次吃不了几个，而且必须喝很浓的茶。

玉麦粑粑。卖玉麦粑粑的都是苗族的女孩。玉麦即苞谷。昆明的汉人叫苞谷，而苗人叫玉麦。新玉麦，才成粒，磨碎，用手拍成烧饼大，外裹玉麦的箨片（粑粑上还有手指的印子），蒸熟，放在漆木盆里卖，上覆杨梅树叶。玉麦粑粑微有咸味，有新玉麦的清香。苗族女孩子吆唤："玉麦粑粑……"声音娇娇的，很好听。如果下点小雨，尤有韵致。

洋芋粑粑。洋芋学名马铃薯，山西、内蒙古叫山药，东北、河北叫土豆，上海叫洋山芋，云南叫洋芋。洋芋煮烂，捣碎，入花椒盐、葱花，于铁勺中按扁，放在油锅里炸片时，勺底洋芋微脆，粑粑即漂起，捞出，即可拈吃。这是小学生爱吃的零食，我这个大学生也爱吃。

摩登粑粑。摩登粑粑即烤发面饼，不过是用松毛（马尾松的针叶）烤的，有一种松针的香味。这种面饼只有凤翥街一家现烤现卖。西南联大的女生很爱吃。昆明人叫女大学生为"摩登"，这种面饼也就被叫成"摩登粑粑"，而且成了正式的名称。前几年我到昆明，提起这种粑粑，昆明人说：现在还有，不过不在凤翥街了，搬到另外一条街上去了，还叫作"摩登粑粑"。

昆明的果品

梨

我们刚到昆明的时候，满街都是宝珠梨。宝珠梨形正圆——"宝珠"大概即由此得名，皮色深绿，肉细嫩无渣，味甜而多汁，是梨中的上品。我吃过河北的鸭梨、山东的莱阳梨、烟台的茄梨……宝珠梨的味道和这些梨都不相似。宝珠梨有宝珠梨的特点。只是因为出在云南，不易远运，外省人知道的不多，名不甚著。

昆明卖梨的办法颇为新鲜，论"十"，不论斤，"几文一十"，一次要买就是十个；三个、五个，不卖。据说这是因为卖梨的不会算账，零买，他不知道要多少钱。恐怕也不见得，这只是一种古朴的习惯而已。宝珠梨大小都差不多，很"匀溜"，没有太大和很小的，论十要价，倒也公道。我们那时的胃口也很惊人，一次吃下十只梨不算一回事。现在这种"论十"的办法大概已经改变了，想来已经都用磅秤约斤了。

还有一种梨叫"火把梨",即北方的红绡梨,所以名为火把,是因为皮色黄里带红,有的竟是通红的。这种梨如果挂在树上,太阳一照,就更像是一个一个点着了的小火把了。火把梨味道远不如宝珠梨——酸!但是如果走长路,带几个在身上,到中途休息时,嚼上两个,是很能"杀渴"的。

我曾和几个朋友骑马到金殿。下马后,买了十个火把梨,赶马的(昆明租马,马的主人大都要随在马后奔跑)也买了十个。我们买梨是自己吃,赶马的却是给马吃。他把梨托在手里,马就掀动嘴唇,把梨咬破,咯吱咯吱嚼起来。看它一边吃,一边摇脑袋,似乎觉得梨很好吃。我从来没见过马吃梨。看见过马吃梨的人大概不多。吃过梨的马大概也不多。

石 榴

河南石榴,名满天下。"白马甜榴,一实值牛",北魏以来,即有口碑。我在北京吃过河南石榴,觉得盛名之下,其实难副。粒小、色淡、味薄,比起昆明的宜良石榴差得远了。宜良石榴都很大,个个开裂,颗粒甚大,色如红宝石——有一种名贵的红宝石即名为"石榴米",味道很甜。苏东坡曾谓读贾岛诗如食小鱼,"所得不偿劳",我小时吃石榴,觉得吃得一嘴籽儿,而吮不出多少味道,真是"所得不偿劳",在昆明吃宜良石榴却无此感,觉得很满足,很值得。

昆明有石榴酒，乃以石榴米于白酒中泡成，酒色透明，略带浅红，稍有甜味，仍极香烈。

不知道为什么，昆明人把宜良叫成米良。

桃

昆明桃分为"离核"和"面核"两种。桃甚大，一个即可吃饱。我曾在暑假中，在桃子下来的时候，买一个很大的离核黄桃当早点。一掰两半，紫核黄肉，香甜满口，至今难忘。

杨 梅

昆明杨梅名火炭梅，极大极甜，颜色黑紫，正如炽炭。卖杨梅的苗族女孩常用鲜绿的树叶衬着，炎炎熠熠，数十步外，摄人眼目。

木 瓜

此所谓木瓜非华南的番木瓜。

《辞海》："木瓜，植物名……亦称'楙榠'。蔷薇科。落叶灌木或小乔木。树皮常作片状剥落，痕迹鲜明。叶椭圆状卵形，有锯齿，嫩叶背面被绒毛。春末夏初开花，花淡红色。果实秋季成熟，长椭圆形，长十至十五厘米，淡黄色，味酸涩，有香气……"

木瓜我是很熟悉的，我的家乡有。每当炎暑才退，菊绽蟹肥之际，即有木瓜上市。但是在我的家乡，木瓜只是用来闻香的。或放在瓷盘里，作为书斋清供；或取其体小形正者于手中把玩，没有吃的。且不论其味酸涩，就是那皮肉也是硬得咬不动的。至于木瓜可以入药，那我是知道的。

我到昆明，才第一次知道木瓜可以吃。昆明人把木瓜切成薄片，浸泡在水里（水里不知加了什么东西），用一个桶形的玻璃罐子装着，于水果店的柜台上出卖。我吃过，微酸，不涩，香脆爽口，别有风味。

中国古代大概是吃木瓜的。唐以前我不知道。宋代人肯定是吃的。《东京梦华录·是月巷陌杂卖》有"药木瓜、水木瓜"。《梦粱录·果之品》："木瓜，青色而小；土人劚片爆熟，入香药货之；或糖煎，名爊木瓜。"《武林旧事·果子》有"爊木瓜"，《凉水》有"木瓜汁"。看来昆明市上所卖的木瓜当是"水木瓜"。浸泡木瓜的水即当是"木瓜汁"。至于"爊木瓜"则我于昆明尚未见过，这大概是以药物泡制，如广东的陈皮梅、泉州的霉姜一类的东西，木瓜的本味已经保存不多了。

我觉得昆明吃木瓜的方法可以在全国推广。吃木瓜，从某种意义上，也可以说是我们国家的一项文化遗产。

地 瓜

地瓜不是水果，但对吃不起水果的穷大学生来说，它也就算是水果了。

地瓜，湖南、四川叫作凉薯或良薯。它的好处是可以不用刀削皮，用手指即可沿藤茎把皮撕净，露出雪白的薯肉。甜，多水。可以解渴，也可充饥。这东西有一股土腥气，但是如果没有这点土腥气，地瓜也就不成其为地瓜了，它就会是另外一种什么东西了。正是这点土腥气让我想起地瓜，想起昆明，想起我们那一段穷日子，非常快乐的穷日子。

胡萝卜

联大的女同学吃胡萝卜成风。这是因为女同学也穷，而且馋。昆明的胡萝卜也很好吃。昆明的胡萝卜是浅黄色的，长至一尺以上，脆嫩多汁而有甜味，胡萝卜味儿也不是很重。胡萝卜有胡萝卜素，含维生素C，对身体有益，这是大家都知道的。不知道是谁提出，胡萝卜还含有微量的砒，吃了可以驻颜。这一来，女同学吃胡萝卜的就更多了。她们常常一把一把地买来吃。一把有十多根。她们一边谈着克列斯丁娜·罗赛蒂的诗、布朗底[①]的小说，一边咯吱咯吱地咬胡萝卜。

---

① 布朗底现译为勃朗特，勃朗特为英国著名小说家，代表作《简·爱》。

核桃糖

昆明的核桃糖是软的,不像稻香村卖的核桃粘或椒盐核桃。把蔗糖熬化,倾在瓷盆里,和核桃肉搅匀,反扣在木板上,就成了。卖的时候用刀沿边切块卖,就跟北京卖切糕似的。昆明核桃糖极便宜,便宜到令人不敢相信。华山南路口,青莲街拐角,直对逼死坡,有一家高台阶门脸,卖核桃糖。我们常常从市里回联大,路过这一家,花极少的钱买一大块,边吃边走,一直走进翠湖,才能吃完。然后在湖水里洗洗手,到茶馆里喝茶。核桃在有些地方是贵重的山果,在昆明不算什么。

糖炒栗子

昆明的糖炒栗子,天下第一。第一,栗子都很大。第二,炒得很透,颗颗裂开,轻轻一捏,外壳即破,栗肉迸出,无一颗"护皮"。第三,真是"糖炒栗子",一边炒,一边往锅里倒糖水,甜味透心。在昆明吃炒栗子,吃完了非洗手不可——指头上黏得都是糖。

呈贡火车站附近,有一大片栗树林,方圆数里。树皆合抱,枝叶浓密,树上无虫蚁,树下无杂草,干净至极,我曾几次骑马过栗树林,如入画境。

昆明年俗

铺松毛

昆明春节,很多人家铺松毛——马尾松的针叶。满地碧绿,一室松香。昆明风俗,亦如别处,初一至初五不扫地,一扫地就把财气扫出了。铺了松毛不唯有过节气氛,也显得干净。

昆明城外,遍地皆植马尾松,松毛易得。

贴唐诗

昆明有些店铺过年不贴春联,贴唐诗。

昆明较小的店铺的门面大都是这样:下半截是砖墙,上半截是一排四至八扇木板,早起开门卸下木板,收市后上上。过年不卸板,板外贴万年红纸,上写唐诗各一首。此风别处未见。初一上街闲逛,沿街读唐诗,亦有趣。

劈甘蔗

春节街头常见人赌赛劈甘蔗。七八个小伙子，凑钱买一堆甘蔗，人备折刀一把，轮流劈。甘蔗立在地上，用刀尖压住甘蔗梢，急撆刀，小刀在空中画一圈，趁甘蔗未倒，一刀劈下。劈到哪里，切断，以上一截即归劈者。有人能一刀从梢劈通到根，围看的人都喝彩。

掷升官图

掷升官图几个人玩都可以。正方的皮纸上印回文的道道，两道之间印各种官职。每人持一铜钱。掷骰子，按骰子点数往里移动铜钱，到地后一看，也许升几级为某官，也可能降几级。升官图当是清代的玩意儿，因为有"笔帖式"这样的满官。至升为军机处大臣，即为赢家，大家出钱为贺。有的官是没有实权的，只是一种荣誉，如"紫禁城骑马"。我是很高兴掷到"紫禁城骑马"的，虽然只是纸上骑马，也觉得很风光。

嚼葛根

春节卖葛根。置木板上，上蒙湿了水的蓝布。葛根粗如人臂。给毛把钱，卖葛根的就用薄刃快刀横切几片给你。葛根嚼起来有点像生白薯,但无甜味,微苦。本地人说,吃了可以清火。管它清火不清火,这东西我没有尝过(在中药店里倒见过,但是切成棋子块的),得尝尝,何况不贵。

昆明的雨

宁坤要我给他画一张画,要有昆明的特点。我想了一些时候,画了一幅:右上角画了一片倒挂着的浓绿的仙人掌,末端开出一朵金黄色的花;左下画了几朵青头菌和牛肝菌。题了这样几行字:

昆明人家常于门头挂仙人掌一片以辟邪,仙人掌悬空倒挂,尚能存活开花。于此可见仙人掌生命之顽强,亦可见昆明雨季空气之湿润。雨季则有青头菌、牛肝菌,味极鲜腴。

我想念昆明的雨。

我以前不知道有所谓雨季。"雨季",是到昆明以后才有了具体感受的。

我不记得昆明的雨季有多长,从几月到几月,好像是相当长的。但是并不使人厌烦。因为是下下停停、停停下下,不是连绵不断,下起来没完。而且并不使人气闷。我觉得昆明的雨季气压不低,人很舒服。

昆明的雨季是明亮的、丰满的，使人动情的。城春草木深，孟夏草木长。昆明的雨季，是浓绿的。草木的枝叶里的水分都到了饱和状态，显示出过分的、近于夸张的旺盛。

我的那张画是写实的。我确实亲眼看见过倒挂着还能开花的仙人掌。旧日昆明人家门头上用以辟邪的多是这样一些东西：一面小镜子，周围画着八卦，下面便是一片仙人掌——在仙人掌上扎一个洞，用麻线穿了，挂在钉子上。昆明仙人掌多，且极肥大。有些人家在菜园的周围种了一圈仙人掌以代替篱笆——种了仙人掌，猪羊便不敢进园吃菜了。仙人掌有刺，猪和羊怕扎。

昆明菌子极多。雨季逛菜市场，随时可以看到各种菌子。最多，也最便宜的是牛肝菌。牛肝菌下来的时候，家家饭馆卖炒牛肝菌，连西南联大食堂的桌子上都可以有一碗。牛肝菌色如牛肝，滑，嫩，鲜，香，很好吃。炒牛肝菌须多放蒜，否则容易使人晕倒。青头菌比牛肝菌略贵。这种菌子炒熟了也还是浅绿色的，格调比牛肝菌高。菌中之王是鸡㙡，味道鲜浓，无可方比。鸡㙡是名贵的山珍，但并不真的贵得惊人。一盘红烧鸡㙡的价钱和一碗黄焖鸡不相上下，因为这东西在云南并不难得。有一个笑话：有人从昆明坐火车到呈贡，在车上看到地上有一棵鸡㙡，他跳下去把鸡㙡捡了，紧赶两步，还能爬上火车。这笑话用意在说明昆明到呈贡的火车之慢，但也说明鸡㙡随处可见。有一种菌子，中吃不中看，叫作干巴菌。乍一看那样子，真叫人怀疑：

这种东西也能吃？颜色深褐带绿，有点像一堆半干的牛粪或一个被踩破了的马蜂窝。里头还有许多草茎、松毛，乱七八糟！可是下点功夫，把草茎松毛择净，撕成蟹腿肉粗细的丝，和青辣椒同炒，入口便会使你张目结舌：这东西这么好吃！还有一种菌子，中看不中吃，叫鸡油菌。都是一般大小，有一块银圆那样大，滴溜儿圆，颜色浅黄，恰似鸡油一样。这种菌子只能做菜时配色用，没什么味道。

雨季的果子，是杨梅。卖杨梅的都是苗族女孩子，戴一顶小花帽子，穿着扳尖的绣了满帮花的鞋，坐在人家阶石的一角，不时吆唤一声："卖杨梅——"声音娇娇的。她们的声音使得昆明雨季的空气更加柔和了。昆明的杨梅很大，有一个乒乓球那样大，颜色黑红黑红的，叫作"火炭梅"。这个名字起得真好，真是像一球烧得炽红的火炭！一点都不酸！我吃过苏州洞庭山的杨梅、井冈山的杨梅，好像都比不上昆明的火炭梅。

雨季的花是缅桂花。缅桂花即白兰花，北京叫作"把儿兰"（这个名字真不好听）。云南把这种花叫作缅桂花，可能最初这种花是从缅甸传入的，而花的香味又有点像桂花，其实这跟桂花实在没有什么关系——不过话又说回来，别处叫它白兰、把儿兰，它和兰花也挨不上呀，也不过是因为它很香，香得像兰花。我在家乡看到的白兰多是一人高，昆明的缅桂是大树！我在若园巷二号住过，院里有一棵大缅桂，密密的叶子，把四周房间都映绿了。缅桂盛开的时候，房东（是一个五十多岁的寡妇）和她的一个养女，搭了梯子上去摘，每天要摘下来好些，拿到花市上去卖。她大概是怕房客们乱摘她的花，时常给各家送去一些。有时送来一个七寸盘子，里面摆得满满的缅桂花！带着雨珠的缅桂花使我的心软软的，不是怀人，不是思乡。

　　雨，有时是会引起人一点淡淡的乡愁的。李商隐的《夜雨寄北》是为许多久客的游子而写的。我有一天在积雨少住的早晨和德熙从联大新校舍到莲花池去。看了池里的满池清水，看了着丘尼装的陈圆圆的石像（传说陈圆圆随吴三桂到云南后出家，暮年投莲花池而死），雨又下起来了。莲花池边有一条小街，有一个小酒店，我们走进去，要了一碟猪头肉、半斤市酒（装在上了绿釉的土瓷杯里），坐了下来。雨下大了。酒店有几只鸡，都把脑袋反插在翅膀下面，一只脚着地，一动也不动地在檐下站着。酒店院子里有一架大木香花。昆明木香花很多。有的小河沿岸都是木香。但是这样大的木香却不多见。一棵木香，爬在架上，把院子遮得严严的。密匝匝的细碎的绿叶，数不清的半开的白花和饱涨的花骨朵，都被雨水淋得湿透了。

　　我们走不了，就这样一直坐到午后。四十年后，我还忘不了那天的情味，写了一首诗：

　　　　莲花池外少行人，
　　　　野店苔痕一寸深。

浊酒一杯天过午,

木香花湿雨沉沉。

我想念昆明的雨。

室外写生

我在昆明住了好几年。在昆明，差不多每年都要去几次西山。多多少少，并没有一定，去也多半是偶然去的，从来没有觉得非去不可；但或春或秋，得少闲逸，周围便有许多上西山去的可能漂浮起落，很容易就实现了一两次。也许有几年是根本没有去，记不清了。但这没有关系，这种事情上很可以用到"平均"的办法。在昆明住而没有上西山去过的，想必不多吧。

西山回来必经过白马庙。——去的时候自然也经过，但你不大会注意，你专心一意于西山。

从山上回来总有点累。不很累，一点点，因为爬了山，走了不少路；也因为明天你马上又将不爬山，不走路：你又"回来"了，又投回你的一成不变的生活。明天你又将坐在写字桌边，又将吃那位"毫无想象"的大师傅烧出来的饭菜，又将与那些熟脸见面，招呼，（有几个现在就在你旁边，在一条船上！）你的脚就要踏上岸，"生活"在那儿等着你。你帖然就范，不想反抗。但是，你有点惘然。这点惘然就是你的反抗了，你的一点残余的野劲。而如果有人问你为什么靠着船篷，看着天边，抱着头，半天不说话,你只说是有点累了。是的,你有点累。你也太放不开,怎么老摸你的房门钥匙,船上摸,甚至山上也摸。倒好像你真急于想在你那把极有个性而十分亲切的椅子上抽一根烟。于是你直惦记着白马庙。到白马庙,就快了。我们常常把期待终点的热心移注于终点前一站。火车上有人老是焦急地看着窗外,等过了某一地段,他扣好衣服,戴上帽子,松了肌肉,舒舒服服地坐下来,这比下车到家更重要,简直像火车永远不开到他也不在乎似的。就是如此,在昆明的人多知道白马庙。到白马庙,望得见城中的万家灯火。

没有想到,我后来住到白马庙来。我在白马庙住了半年多。

搬到白马庙,我很欢喜。马车载着我们的行李,载着书,载着小鸡,瓶子里的一枝花,冯家迷迷在我膝上,孩子抱着她的猫。当时我是坐着,而活泼得如一头小马。这些树,这个埠头,这条路,旧围墙里一直还是长满蒲公英,这个铁门多少年没有开过,这间淡紫色的(房子)倩雅,这个浅灰色的则端庄而大方,这些我们全都很熟悉。而我们将住到那座孤立在田地里的小小的房子里去,这座房子式样极其别致,像童话插图,我们在船上曾经指点过多少次。有人问搬到了什么地方,一说起,一定全知道。这个房子将吸引朋友们来看我。我兴致冲冲,直想跟什么人大声说一句"天气真好"——我满目含情,望着那座桥。——我们从西山回来看白马庙,实在是看那座桥。桥是个记认,没有桥,白马庙不成其为白马庙似的。每次船从桥下过(人在桥下都有一种奇怪感觉,一种安全之感,像在母亲怀里),我急于想在那个桥上头走一走。

勿忘侬花

我至今还不知道勿忘侬花是什么样子,我不知道我是否曾经看见过。中国大概是有的吧,但知道这种花的名字的一定比见过这种花的人多,是不是很美呢?是不是当得起这样的名字?它的形色香味真能作为一个临诀的叮咛?——虽然有点感伤,但还不致为一个很现代的聪明人所笑罢,如果还不失为诚挚,除非诚挚也是可嘲弄的,因为这个年头根本不可能有。那我们的生活就实在难得很了,见过不见过其实本无多大关系,在诗文里或信札里说"送你勿忘侬花"而实际并没有,是尽可以的,虽然这样的人现在也都没有了。大概从此这个花要更其埋没了罢,它本身,和它的声名,这不知是花的抑是我们的不幸,或者无甚所谓,连偶尔对于这些种种思念也都应当淡然逝去了,可是有机会我还是想捡起一枝来看看。

在昆明,有一次英国政府派来一个给战地士兵演讲音乐欣赏作为慰劳的生物学家,想听一点中国的乐器歌曲,在一个研究院的实验室里,开了一个小茶会,听了几个名家的琵琶笛子,那位——该叫他生物学家还是音乐家呢——也有一个节目,七弦琴独奏！他显然对这个躺着的古乐器还不顶熟习，拧弦定音，指掌太温柔了一点，——七弦琴无疑是乐器里顶精致，顶不容易伏伺的一种，一点轻微的慌乱教他的脸上过去了又泛上来一片红，他镇静自若着，而不时举目看一看，看着他的人，含笑得腼腆极了。——这一笑是感谢大家关切了这半天，现在，没有问题了！他正一正身子，轻咳一声，"普庵咒"，又向身旁的人笑了一笑：这三个中国字说得是不是差不多？普庵咒是常听到的琴曲，近乎描写音乐，比较容易了解。可是这一支庄严静穆的曲子我没有听，我一直看他，看他的明净的头和他的手。我好像曾经看过这样的手，但没有一双手我曾经这样的动情地看过——也许那样的手并不在做着这样的事情。矫健，灵活，敏感，热情，那当然，可是吸引我的是十个手指同时那么致意用力，那么认真，那么"到"，充满精神，充满思想，——有时稍见迟疑，可是通过迟疑之后却并不是含混，少见的那么好看的一双手。也许是过于白皙了，也许是乐器的关系，抚奏的手势偏于优美，显得有一点女性，然而这不是我当时就有的感觉。

喝茶谈话的中间，他忽然起身离去，捧来一瓶，他欢欢喜喜，各种各样的花，瓶是一个实验用的烧瓶，一瓶水碧清，有些很熟，有些印象，浅花都是野花，而这么一瓶插着都似乎是新鲜极了，都是我没有见过的了，开也开得特别好，花大，颜色深，有生气，他一定是满山上出了一点愉快的汗水找来的，他得意极了，一枝一枝拈起来，稍提出一点，好些野花中国跟英国山地里都生着，有的一样，有的不大同，他看见了他知道是英国也有的花，有些英国多，中国少，有些中国多，有些分布区域不广，现存的已经不多了，很珍贵的，但这里人似乎并不大注意。……因为在异国说着本国的语言呢还是本来就惯常如此，他慢慢地说，攥着烧瓶颈子轻轻地转动，声调委婉而亲切，他不知道看到冯承植先生赞美过的鼠白草不？我看他，等有机会问他，可是老是错过，终于在他挑出一枝紫红长穗的时候，有人进门给他一封信，他得辞谢走了，我没有能问他拿进去的瓶里那种翠蓝色的小花是不是勿忘侬，他的手指在我的勿忘侬之间移动过多少次了！

我听说是，而且很自信地告诉过不少人了，昆明不论什么花差不多四季都开得，而这种花更是随处都见得到，只要是土较多，人较少的地方，野地里都是坟，坟头上特别多，我们逃警报的次数简直数不清了。昆明没有什么防空壕洞，在坟冢间挖了许多坑，我们又大都并不躲进坑里，离开了城走远些，找个地方躺躺坐坐而已，或者是这种花的颜色跟坟容易联想到一起去，我们越觉得坟的寂寞跟花的寂寞了，在记忆里于是也总是分不开，老那么坐着，躺着，蓝色的小花无聊地看在我们的眼里，从来也没有采一点带回去，花实在太小。把几个微擎着的花瓣一起展平了还不到一片榆钱大，又是在叶托间附枝而生，没有花蒂，畏缩地贴着，不敢出头一步，枝子则顽韧异常，满身老气，又是那么晦绿色毛茸茸的鄙贱小叶子，——主要还是花常稀疏零落，一枝上没有多少颜色，缺少光泽的，惨恻，伶仃有的翠蓝的小点，在半闭的眼睫间一点一点地向远处漂去，似乎微有摇漾，也许它自己也有点低回，也许动着的是别的草。可是直起身子来，伸一伸胳臂，活动活动腰腿，则一俯首间而所有的小花都微小微小，隐退隐退，要消失了，临了只剩下一点点一点点渺茫的蓝意，无形无质，不太可相信了，像什么呢？——真是一个记忆的起点，哦！……可是尽管这并不是真的勿忘侬花罢，（是一个误会，误会常常也很有意思，特别是推究怎么有这个误会，你的推究和你的发现都不会落空）昆明那一段逃警报的日子我们总记得。比起那些有趣的穿插，吸干了整个时间的那种倦怠，酥嫩，四肢无力，头昏昏的，近乎病态的无情状态尤其教我们往往心里发甜。我们从来没有那么休息过，那么完全地离开过自己的房屋和自己的形体，那么长久，那么没有止境地抛置在地上，呼吸着泥土，晒着太阳——究竟我们还算活着，像一块洋山芋似的活着。——太阳晒得我们一次一次地褪皮，常常晚上回来用冷水一洗脸，一撕，一大片！……太平洋战事以后，城里不再有毁坏燃烧，走到浮没着蓝花的坟野里，我们认不出我们寄居过的洞穴了。那些驮马或疾或徐走着的小道令我们迷惘。我们再也不能在身上找出从前那么熟练的躺下坐匐的姿势了，我们焦渴的嘴唇，所喝的水，我们的最后一根香烟，荸荠，地瓜，豌豆粉，凉米线，流着体温的草，松叶的辛香，土黄色的蝴蝶。

　　北平的天也这么蓝。我这个楼梯真是毫无道理，除了上楼下楼之外还有什么意义么，这么四长段，又折折曲曲？好容易我才渐渐能够适应，我的肌肉骨骼有这么一个习惯，承认它，不以为是额外的支付。——我去问一个学植物分类学的朋友，他说那种昆明人叫作狗屎花的蓝花——你猜怎么着，我并不讨厌这个名字。一个东西我们原可以当着两样看。地肥些花就长得茂盛。看见狗拉了屎，又看见了花，因而拉在了一起的，这个孩子（当然是个孩子）记出了他心里的一份惊喜。——其实并不是真正的勿忘侬，不过是有点像。有点像么？……那就好。我并不失望，我满足了，因为我可以有满足的等待。

背东西的兽物

毛姆描写过中国山地背运货物的伏子，从前读过，印象极为深刻，不过他称那种人为"负之兽"，觉得不免夸饰，近于舞文弄墨，而且取义殊为卑浅，令人稍稍有点反感。及至后来到了内地，在云南看到那边的脚夫，虽不能确定毛姆所见即是这一种人，但这种人若加之以毛姆那个称呼是极贴当而直朴的，我那点反感没有了，而且隐然对他有了一种谢意。

人在活动行进之中如果骤然煞住，问一问我在这里到底是在干点儿什么呢，大概不会有肯定答案的，都如毛姆所引庄子的那一段话中说的那样，疲疲役役，过了一生，但这一种人是问也用不着问，（别人不大会代他们问，他们自己当然不可能发问）看一看就知道真是什么"意义"都没有，除了背东西就没有生活了。用得着一个套语：从今天背到明天，从今年背到明年。但毛姆说他们是兽物还不是象征说法，是极其写实的，他们不但没有"人"的意义，也没有人形。

在我们学校旁边那条西风古道上时常可以看到他们，大都是一队一队的，少者三个五个，多的十个八个，沉默着，埋着头，一步一步走来。照例凡是使用气力作活的人多半要发出声音,或唱歌,或是"打号子",用以排遣单调,鼓舞精力,而这种人是一声也不出的,他们的嘴闭得很紧。说是"埋头",每令人想到"苦干",他们的埋头可不是表示发愤为雄,是他们的工作教他们不得不埋头。他们背东西都使用一个底锐、口广、深身、略呈斗斛状的竹篮。这东西或称为背篓,但有一种细竹所编,有两耳可挎套于肩臂,而且有个盖子,做得相当精致的竹篮,像昆明收旧货女人所用的那一种,也称为背篓,而他们用的是极其粗率的简陋的。背篓上高高装了货物。货物的范围很窄,虽然有时也背盐巴、松板、石块、米粮等物,大多是两样东西,柴和炭。柴,有的粗块,有的是寸径树条,也有连枝带叶的小棒子;有专背松毛的,马尾松针晒干,用以引火助燃,此地人谓之松毛,但那多是女人,且多不用背篓,捆扎成一大包而背着。炭都是横着一根一根地叠起来。柴炭都叠得很高,防它倒散,多用绳索络住。背篓上有一根棕丝所织扁带子,背即背的这一根带子。严格说不应当说是背,应当说是"顶",他们用脑门子顶着那一根带子。这样他们不得不硬着头皮,不得不埋着头了。头稍平置,篓子即会滑脱的。柴炭从山中来,山路不便挑扛,所以才用这种特殊方法负运。他们上山下山,全身都用气力,而颈部用力尤多,所以都有极其粗壮、粗壮到变形的脖子。这样粗壮的脖子前面又多半挂了个瘿袋,累累然有如一个肉桂色的柚子。在颈子上都套着一个木板,形式如半个刑枷,毛姆似乎称之为"轭"的,这也并非故意存有暗示，真的跟耕田引车的牛头上那一个东西全无二致，而且一定是可以通互应用的。在手里，他们都提着一根杖。这根杖不知道叫什么名堂，齐腰那么高，顶头有个月牙形的板，平着连着那根杖。这根杖用处很大，爬坂上坡，路稍陡直，用以撑杖，下雨泥滑，可防蹶倒，打站歇力时尤其用得着它，如同常说，是第三条腿。他们在路上休息时并不把背篓取下，取下时容易，再上肩费事，为养歇气力而花更大的气力，犯不着，只用那一根杖舒到后面，杖着地，背绥放在月牙形手板上，自己稍为把腰伸起，两腿分开，微借着一点力而靠那么一会儿就成了。休息时要小便，也就是这么直着腰。他们一路走走歇歇，到了这儿，并没有一点载欣载奔的喜意，虽然前面马上就要到了。进了前面那个小小牌楼，就是西门，西门里就是省城了，省城是烧去他们背上的柴炭的地方，可是看不出他们对于这个日渐新兴起来的古城有什么感情。小牌楼外有一片长长的空地，长了一点草，倒了一点垃圾，有人和狗拉的屎，他们在那里要休息相当时候。午前午后往来，都可以看得见许多这种人长长的一溜坐着，这时，他们大都把背上载着的重物卸放在墙根了，要吃饭，总不能吃饭时也顶着。

　　柴不知怎么卖，有没有人在路上喊住他们论价买去呢？炭则大都是交到行庄，由炭商接下来，剔选一道，整理整理，用装了石粉的布包在上面拍得一层白，漂漂亮亮的，再成斤作担卖与人家。老板卖出去的价钱跟向他们买的价钱相差多少，他们永远也无法晓得，至于这些炭怎么烧去，则更不在他们想象之内了。

他们有的科头，有的戴了一顶粗毡碗形帽子，这顶帽子吃了许多油汗，而且一定时常在吃进油汗时教他们头皮作痒。身上衣服有的是布的。但不管是什么布衣绝对没有在他们身上新过，都是买现成的旧衣，重重补缀上身。城里有许多"收旧衣烂衫"男人女人，收了去在市集上卖，主顾里包括有这种人，虽然他们不是重要的，理想的，尤其是顶不爽气的，只不过是最可欺骗的主顾。他们是一定买最破最烂的，而且衣服形形色色都有，他们把衣服的分类都简化了，在你是绝对不相同的，在他们是一样的。更多的是穿麻布衣服。这种麻不知是不是他们自己织的，保留最古粗的样子，印在陶器上的布纹比这还要细密些。每一经纬有铺子扎东西的索子那么粗，只是单薄一点。自然是原色，麻白色。昆明气候好，冬天也少霜雪，但天方发白的山路上总是恻恻的有风的，而有些背柴炭人还是穿一层单麻布衣服。这身衣服像一个壳子似的套在身上，仿佛跟他们的身体分不开，而又显然不是身体的一部分，跟身体离得很远，没有一处贴合，那种淡淡的白色使他们格外具有特性了。身体上不是顶要紧的地方袒露了一块，在他们不算是大事情。衣服，根本在他们就不算大事。他们的大事是吃一点东西到肚里。

他们每人都把吃的带着，结挂在腰裤间，到了，一起就取出来吃。一个一个的布口袋，口袋做成筒状，里头是一口袋红米干饭。不用碗，不用筷子，也不用手抓，以口就饭而喋接。随吃，随把口袋向外翻卷一点,饭吃完,口袋也整整翻了个个儿,抖一抖,接住几个米粒,仍旧还系于腰裤间。有的没有,有的有点菜,那是辣子面,盐,辣子面和盐,辣子面和盐和一点豆豉末,咽两口饭,以舌尖黏掉一点。看一个庄家,一个工人,一个小贩,一个劳力人,吃饭是很痛快过瘾的事,他们吃得那么香甜,那么活泼,那么酣舞,那么恣放淋漓,那么快乐,你感觉吃无论如何是人生的一点不可磨灭的真谛,而看这种人吃饭,你不会动一点食欲。他们并不厌恨食物的粗粝,可是冷淡到十分,毫不动情的,慢慢慢慢地咀嚼,就像一头牛在反刍似的!也像牛似的,他们吃得很专心,伴以一种深厚的,然而简单的思索,不断地思索着:这是饭,这是饭,这是饭……仿佛不这么想着,他们的牙齿就要不会磨动似的——很奇怪,我想不出他们是用什么姿态喝水的,他们喝水的次数一定很少,否则不可能我没有印象。走这么长的路而能干干地吃那么些饭,真是不可了解的事。他们生在山里,或者山里人少有喝水的习惯?……我想起一个题目:水与文化。

老觉得这种人如何饮之以酒,不加限节,必至泥胡醉死。醉了,他们是什么样子呢?他们是无内外表里,无层次,无后先,无中偏,无小大,是整个的:一个整个的醉是什么样子呢?他们会拥抱,会砍杀,会哭会笑?还是一声不响地各自颓倒,失去知觉存在?

他们当然是有思索的,而且很深很厚,不过思索得很少,简单，没有多少题目，所以总是那么很专心似的，很难在他们的眼睛里找出什么东西，因为我们能够追迹的，不是情意本体，而是情意的流变，在由此状况发展引度成为另一状况，在起迄之间，人才泄漏他的心，而他们几乎是永恒的，不动的，既非明，也非暗，不是明暗之间酝酿绸缪的昧暧，是一种超乎明暗的混沌，一种没有限界的封闭。他们一个一个地坐在那里，绝对的沉默，不是有话不说，是根本没有话，各自拢有了自己，像石块拢有了石头。你无法走进他们里面去，因为他们不看你一眼，他们没有把你收到他们的视野中去。

纪德发现刚果有一种土人，他们的语言里没有相当于"为什么"的字。……

在一个小茶馆外头，我第一次听到这种人说话，而且是在算账！从他们那双还是极少表情的眼睛里，可以知道一个数字要在他的心里写完了，就像用一根钝钉子在一片又光又硬的石板上刻字一样地难。我永远记得那个数目：二百二十二，一则这个数字太巧，而且富民话（我听出他们的话带有富民口音）二字念起来很特别，二是他一次又一次地重复，好像一个孩子努力地想把一个跌碎了的碗拼合起来似的，"二百——二十——二，二百，——二十，——二……"

有一次警报，解除警报发了，接着又发了紧急警报，我们才近城门又立刻退回去，而小牌楼外面那些负运柴炭的人还不动。日本飞机来过炸过了，那片地上落了一个炸弹，有人告诉我炸死了两个人。我忽然心里一动,很严肃地想:炸死了两个人,我端端正正一撇一捺在心里写了那一个"人"字。我高兴我当时没有嘲弄我自己,没有蔑笑我的那点似乎是有心鼓励出来的戏剧的激情。

凤翥街

昆明大西门外有两条街，两条街的街名都起得富丽堂皇，一条叫凤翥街，一条叫龙翔街。其实是两条很小的街，与龙、凤一点关系都没有。凤翥街是南北向的，从大西门前横过；龙翔街对着大西门，东西向，与凤翥街相交，成丁字形，龙翔街比较宽，也干净一些，但不如凤翥街热闹。

凤翥街北口有一座砖砌的小牌楼，大概是所谓里门。牌楼外有一小块空地，是背炭的苗族人卖炭的地方。这些苗族人是很辛苦的。他们从几十里外的山里把烧好的栎炭背到昆明来，一驮子不下二百斤，一路休息时炭驮子不卸下，只是找一个岩头或墙壁，把炭驮靠着，下面支着一个T字形的木拐，人倚着一驮炭站一会儿，就算是休息了。他们吃的饭非常粗粝，只是通红的糙米饭，拌一点槌碎了的辣椒和盐。他们不用碗筷，饭装在一个本色白布口袋里，就着口袋吞食。边吃边把口袋口往外翻卷。吃完了，把口袋底翻过来，抖一抖，一顿饭就完事了。有学问的人讲营养，讲食物结构，人应该吃这个，需要吃那个，这些苗族人一辈子吃辣椒盐巴拌饭，也照样活。有一年日本飞机轰炸，这些苗族人没有防空意识,吓得四处乱跑,被机枪扫射,死伤了几个。

进这个小牌楼,才是正式的凤翥街。这条街主要是由茶馆、饭馆、纸烟店、骡马店、饼店和各色各样来来往往的行人构成的。

这条长约二百米的小街上倒有五家茶馆。

挨着小牌楼是一家很小的茶馆,只有三张茶桌。招呼茶座的是一个壮实而白皙的中年妇人。这女人很能生孩子,最小的一个已经四岁了,还不时自己解开妈妈的扣子,趴在胸前吸奶。她家住在街对面。丈夫是一个精瘦的老头子,他一天不露面,只在每天下午到茶馆里来,捧着一个蓝花大碗咕嘟咕嘟喝下一大碗牛奶。这家茶馆还卖草鞋,房梁、墙壁,到处都是一串一串的草鞋。

走过几家,是一个绍兴人开的茶馆。这位绍兴老板很重乡情,只要不是本地人,他觉得都是同乡,他对西南联大的学生很有感情,联大学生去喝茶,没带钱,可以赊账。空手喝了茶,临了还能跟老板借几个钱到城里南屏大戏院去看一场电影。

街东一家是后来开的,用的是有盖带把的白瓷茶缸,有点洋气——别家茶馆都用粗瓷青花盖碗。这一家是专卖西南联大学生的,本地人不来,喝不惯这种有把的茶缸,也听不懂这些大学生的高谈阔论。

从"洋"茶馆往南,隔一个牛肉馆,一个小饭馆,还有一家茶馆，茶桌茶具都很干净，给客人拿盖碗，冲开水的是一个十二三岁的半大孩子。这家孩子也多，三个，都是男孩子。这个小大人的身后老跟着一个弟弟，有时一边做生意，一边背上还用背兜背着一个小弟弟。这小大人手脚很勤快。他终年不穿鞋，赤脚在泥地上踏得叭嗒叭嗒地响。西南联大有个同学给这个小大人起了一个名字："主任儿子"。

"主任儿子"茶馆斜对面是一家本街最大，也是地道昆明味儿的茶馆。这家茶馆在凤翥街的把角，茶馆的门面一边对着凤翥街，一边对着龙翔街，两街风景，往来行人，近在眼底，真是一个闲看漫听的好地方。进门的都是每天必至的老茶客。他们落座后第一件事便是卷叶子烟，叶子烟装在一个牛皮制成，外涂黑漆的圆盒里，在家里预先剪成等长的一段一段，上面覆着一片菜叶，以使烟叶潮润。取出几根，外面选一片完整的叶子裹紧，一支一支排在桌上，依次燃吸。这工作做得十分细致。

茶馆里每天有一个盲人打扬琴说书，愿意听就听一会儿，不愿听尽可小声说话。偶尔也有看相的来，一只手执一个面贴红纸的朝笏似的硬纸片，上写"××山人""××子"，一只手拈着一根纸媒子，口称"送看手相不要钱"，走了一个，又来一个，但都无人搭理，不时有女孩子来卖葵花子，小声吆唤："瓜子瓜。"这家茶馆每天要扫出许多瓜子皮。

凤翥街有三家纸烟店。一家挨着小牌楼，路东。架上没有几盒烟，主要卖花生米。卖东西的是姑嫂二人。小姑子脸盘和肩膀都很宽，涂脂抹粉，见人常作媚笑。她这儿卖花生米从来不上秤约，凭她的手抓，抓多少是多少。来买的如是个漂亮小伙子，就给得多；难看的，给得少，同样价钱，悬殊很大。联大同学发现了这个秘密，凡买花生米，都推一个"小生"去。嫂子也爱向人眉目传情，但眼光狡黠，不像小姑子那么直露。

另两家纸烟店门对门，各有主顾。除了卖纸烟火柴，当中还挂着一排金堂叶子。纸烟店代卖零酒。昆明的白酒分昇酒、市酒两种。昇酒美其名曰"玫瑰重昇"，大体相当于北京的二锅头，和玫瑰了不相涉。市酒比昇酒要便宜一半。昆明人有一种喝法，叫作"昇掺市"，即一半昇酒，一半市酒掺起来喝。

这条街上共有五家饭馆。最南的一家是一个扬州人开的，光顾的多为联大师生，本地人实在吃不惯这位大师傅的淮扬口味。他的拿手菜是过油肉，确实炒得很嫩。

街中有一家牛肉馆。这是一家回民馆，只卖牛肉。有冷片——大块牛肉白水煮得极酥，快刀切为薄片，蘸甜酱油吃；汤片——即将冷片铺在碗中浇以滚汤；红烧——牛肉的带筋不成形的小块染以红曲，炖焖，连汤卖，所谓"红烧"，其实并不放酱油；牛肚——肚板、肚领整块煮熟，切薄片，浇汤，不知道为什么没有牛百叶。牛肚谓之"领肝"，不知道是不是对"肚"有什么忌讳？牛舌，亦煮熟切片浇汤，牛舌有个特别名称，叫作"撩青"，细想一下，是可以理解的，牛的舌头可不是"撩"青草的么?不过这未免太费思索了;牛肉馆偶有"牛大筋"卖,牛大筋是牛鞭,即牛鸡巴也,这是非常好吃的。牛肉馆也卖米饭,要一碗白米饭、一个"冷片"、一碗汤菜,好吃实惠。

牛肉馆隔壁是一家汉民小饭馆,只卖爨荤小炒。昆明人把荤菜分为大荤和爨荤。大荤即煨炖的大块肉,爨荤是蔬菜加一点肉爆炒。这家的炒菜都是七寸盘,两三个人吃饭最为相宜。青椒炒肉丝、炒灯笼椒(红柿子椒)、炒菜花(昆明人叫椰花菜)、番茄炒鸡蛋,等等。菜的味道很好,因为肉菜新鲜,油多火大。有一个菜我在别处没有吃过:炒青苞谷(嫩玉米),稍放一点肉末,加一点青辣椒,极清香爽口。

街的南端有两家较大的饭馆,一家在街西,龙翔街口,大茶馆的对面;一家在大西门右侧。这是两家地地道道的云南饭馆,顾客以马锅头为最多。

马锅头是凤翥街的重要人物。三五七八个人,二三十匹马,由昆明经富民往滇西运日用百货,又从滇西运土产回昆明。他们的装束一看就看得出来。都穿白色的羊皮板的背心,不钉纽扣,对襟两边有细皮条编缀的图案,有点像美国的西部英雄。脚下是厚牛皮底,上边用宽厚的黑色布条缝成草鞋的样子,说草鞋不是草鞋,说布鞋不是布鞋的那么一种鞋,布条上大都绣几朵红花,有的还钉了"鬼眨眼"(亮片)。上路时则多戴了黑色漆布制的凉帽。

马锅头是很苦的,他们是在风霜里生活的人。沿途食宿,皆无保证。有时到了站头，只能拾一把枯柴焖一锅饭，用随身带的刀子削一点牛干巴——牛肉割成长条，盐腌后晒干下饭。他们有钱，运一趟货能得不少钱。他们的荷包里有钞票，有时还有银圆（滇西有的地方还使银圆），甚至印度的"半开"（金币）。他们一路辛苦，到昆明，得痛快两天（他们连人带马都住在卖花生米那家隔壁的马店里）。这是一些豪爽剽悍的男人。他们喝酒、吸烟，都是大口。他们吸起烟来很猛，不经喉咙，由口里直接灌进肺叶，吸时带飕飕的风声，好像是喝，几口，一支烟就吸完了。他们走进那两家云南馆子，一坐下首先要一盘"金钱片腿"——火腿的肘部，煮熟切片，一层薄皮，包一圈肥肉，里面是通红的瘦肉，状如金钱；然后要别的菜：粉蒸肉、黄焖鸡、炸乳扇（羊奶浮面的薄皮，揭出、晾干）、烩乳饼（奶豆腐）……他们当然都是吃得盘光碗净的，但是吃相并不粗野，喝酒是不出声的，不狂呼乱叫。

街西那家云南馆子，晚市卖羊肉。昆明羊肉都是切成大块，用红曲染了，加料，煮在一口大锅里（只有护国路有一家，卖白汤羊肉）。卖时也是分门别类，如"拐骨""油腰"（昆明的羊腰子好像特别大，两个熟腰子切出后就够半碗）、"灯笼"（眼睛），羊舌是不是也叫"撩青"，我就记不清了。

我们的体育老师侯先生有一次上课讲话，讲了一篇羊肉论。我们的体育课，除了跑步、投篮、跳高之外，教员还常讲讲话。

这位侯先生名叫侯洛苟，学生便叫他侯老狗。其实侯先生是个很好的人，学生并不恨他，只怪他的名字起得不好。侯先生所论之羊肉，即大西门外云南馆子之羊肉也。上体育课怎么会讲起羊肉来呢？这是可以理解的。当时的大学生都很穷，营养不足，而羊肉则是偶尔还能吃得起一碗的。吃了羊肉，可增精力，这实在与体育有莫大之直接关系焉。

侯先生上体育课谈羊肉的好处（主要是便宜）确实是出自对学生的关心，这一点我们是都感觉到的（他自己就常去吃一碗羊拐骨）。至于另一次他在上体育课时讲了半天狂犬病，我就不知道出于什么目的了。昆明有一阵闹狂犬病，但是大多数学生是不会被疯狗咬了的。倒是他说狂犬病亦名恐水病，得病的人看到水就害怕，这是我以前没有听说过的，算是增长了一点知识。侯先生大概已经作古。这是个非常忠厚的人。

凤翥街有一家做一种饼，其实只是小酵的发面饼，在锅里先烙至半熟，再放在炉膛内两面烤一烤，炉膛里烧的是松毛——马尾松的针叶，因此有一点很特殊的香味。这种饼原来就叫作麦粑粑，因为联大的女生很爱吃这种饼，昆明人把女学生特别是外来的女学生叫"摩登"，有人便把这种饼叫作"摩登粑粑"。本是戏称，后来竟成了正式的名字。买两个摩登粑粑，到府甬道买四两叉烧肉夹着吃，喝一碗酽茶，真是上海人所说的"小乐胃"。

昆明的叉烧比较咸，不像广东叉烧那样甜；比较干，不像广东的那样油乎乎、黏糊糊的。有一个广东女同学，一张长而圆的脸，有点像个氢气球，我们背后就叫她"氢气球"。这位小姐上课总带着一个提包，别的女同学的提包里无非是粉盒、口红、手绢之类，她的提包里却装了一包叉烧肉。我和她同上经济学概论，是个大教室，我们几个老是坐在最后面，她就取出叉烧肉分发给几个熟同学，我们就一面吃叉烧，一面听陈岱孙先生讲"边际效用"。这位氢气球小姐现在也一定已经当了奶奶了。

一九八六年我回了一趟昆明，特意去看了看龙翔街、凤翥街。龙翔街已经拆建，成了一条颇宽的马路。凤翥街还很狭小，样子还看得出来。有些房屋还是老的，但都摇摇欲坠，残破不堪了。旧有店铺，无一尚存。我那天是早晨去的，只有街的中段有很多卖菜的摊子，碧绿生鲜，还似当年。

昆明食菌

我在昆明住过七年，离开已经四十多年，忘不了昆明的菌子。

雨季一到，诸菌皆出，空气里到处是菌子气味。无论贫富，都能吃到菌子。

常见的是牛肝菌、青头菌。牛肝菌菌盖正面色如牛肝。其特点是背面无菌褶，是平的，只有无数小孔，因此菌肉很厚，可切成薄片，宜于炒食。入口滑细，极鲜。炒牛肝菌要加大量蒜片，否则吃了会头晕。菌香、蒜香扑鼻，直入脏腑，逗人食欲。牛肝菌极廉，西南联大的大食堂的饭桌上都能有一盘。青头菌稍贵一点。青头菌菌盖正面微带苍绿色，菌褶雪白。炒或烩，宜放盐，用酱油颜色就不好看了。一般都认为青头菌格韵较高，但也有人偏嗜牛肝菌，以其滋味更为强烈浓厚。

最名贵的是鸡㙡。鸡㙡之名甚奇怪，"㙡"字别处少见，一般字典上查不到。为什么叫"鸡㙡"，众说不一，有人说鸡㙡的菌盖"开伞"后，样子像公鸡脖子上的毛——鸡鬃。没有根据。我见过未经熟制的鸡㙡，样子并不像鸡鬃。果系如此，何不径写作"鸡𭪢"？这东西生长的地方也奇怪，生在田野间的白蚁窝上。为什么专长在白蚁窝上，这道理连专家也没有弄明白。鸡坹菌盖小而菌把粗长，吃的主要便是形似鸡大腿似的菌把。鸡坹是菌中之王。味道如何，真难比方。可以说这是植物鸡。味正似当年的肥母鸡。但鸡肉粗，有丝，而鸡坹则极细腻丰腴，且鸡肉无此一种特殊的菌子香气。昆明甬道街有一家不大的云南馆子，制鸡坹极有名。

菌子里味道最深刻（请恕我用了这样一个怪字眼），样子最难看的，是干巴菌。这东西像一个被踩破的马蜂窝，颜色如半干牛粪，乱七八糟，当中还夹杂了许多松毛（马尾松的针叶）、草茎，择起来很费事。择也择不出大片，只是螃蟹小腿肉粗细的丝丝。洗净后，与肥瘦相间的猪肉、青辣椒同炒，入口细嚼，半天说不出话来，只觉得世界上还有这么好吃的东西？干巴菌，菌也，但有陈年宣威火腿香味、宁波曹白鱼鲞香味，苏州风鸡香味，南京鸭胗肝香味，且杂有松毛的清香气味。干巴菌晾干，与辣椒同腌，可久藏，味与鲜时无异。

样子最好看的是鸡油菌，个个正圆，银圆大，嫩黄色，但据说不好吃。干巴菌和鸡油菌，一个中吃不中看，一个中看不中吃。

昆明草木

序

昆明一住七年，始终未离开一步，有人问起，都要说一声"佩服佩服"。虽然让我再去住个几年，也仍然是愿意的，但若问昆明究竟有什么，却是说不上来。也许是一草一木，无不相关，拆下来不成片段，无由拈出，更可能是本来没有什么，地方是普通地方，生活是平凡生活，有时提起是未能遣比而已。不见大家箱笼中几全是新置的东西。翻遍所带几册旧书中也找不出一片残叶碎瓣了么。独坐无聊，想跟人谈谈，而没有人可以谈谈，写不出东西却偏要写一点。时方近午，小室之中已经暮气沉沉。雨下得连天连地是一个阴暗，是一种教拜伦脾气变坏的气候，我这里又无一分积蓄的阳光，只好随便抓一个题目扯一顿，算是对付外面呜呜拉拉焦急的汽车，吱吱扭扭不安的无线电罢了。我倒宁愿找这样一本书或一篇文章看看，自己来写是全无资格的。

十二月十三日记

一、草

到昆明，正是雨季。在家里关不住，天雨之下各处乱跑。但回来脱了湿透的鞋袜，坐下不久，即觉得不知闷了多少时候了，只有袖了手到廊下看院子里的雨脚。一抬头，看见对面黑黑的瓦屋顶上全是草，长得很深，凄凄的绿。这真是个古怪地方，屋顶上长草！不止一家如此，家家如此。荒宫废庙，入秋以后，屋顶白蒙蒙一片。因为托根高，受风多，叶子细长如发，在暗淡的金碧之上萧萧地飘动，上头的天极高极蓝。

二、仙人掌

昆明人家门，有几件带巫术性的玩意。门槛上贴红纸剪成的剪刀，锁。门上一个大木瓢，画一个青面鬼脸。一对未漆羊角生在羊头上似的生在门头上。角底下多悬仙人掌一片。不知这究竟是什么意思，也问过几个本地人，说不出所以然，若是乡下人家则在炊烟熏得黑沉沉的土墙上还要挂一长串通红通红的辣椒，是家常吃的，与厌胜辟邪无关，但越显出仙人掌的绿，造成一种难忘的强烈印象。

仙人掌这东西真是贱，一点点水气即可以浓浓地绿下来，且茁出新的一片，即使是穿了洞又倒挂在门上。

心急的，坐怕担心费事，栽花木活，糟蹋花罪过，而又喜欢自己种一点什么出来看看的，你来插一片仙人掌吧，仙人掌有小刺毛，轻软得刺进手里还不知道，等知道时则一手都是了。一手都是你仍可以安然做事。你可以写信告诉人了，我种了一棵仙人掌，告诉人弄了一手刺。就像这个雨天，正好。你披上雨衣。

仙人掌有花，花极简单，花片如金箔，如蜡。没有花柄，直接生在掌片上，像是做假安上去的。从来没见过那么蠢那么可笑的花。它似乎一点不知道自己是个什么样子，不怕笑。哟，听说还要结果子呢，叫作什么"仙桃"，能好吃么？它什么都不管，只找个地方把多余的生命冒出来就完事，根本就没想到出果子。这是个不大可解的事，我没见过一头牛一只羊嚼过一片仙人掌。我总以为这么又厚又长的大绿烧饼应当很对它们的胃口的。它们简直连看也不看一眼！

英国领事馆花园后墙外有仙人掌一大片，上多银青色长脚蜘蛛，这种蜘蛛一定有毒，样子多可怕。墙下有路，平常一天没有两三人走过。

三、报春花

虽然我们那里的报春花很少，也许没有，不像昆明。

——《花园》

我不知怎么知道这是报春花的。我老告诉人"这种小花有个好名字,报春花",也许根本是我造的谣。它该是草紫紫云英,或者紫花苜蓿,或者竟是报春花,不管它,反正就是那么一种微贱的淡紫色小花。花五六瓣,近心处晕出一点白,花心淡黄。一种野菜之类的东西,叶子大概如小青菜,有缺刻,但因为花太多,叶子全不重要了。花梗极其伶仃,怯怯地升出一丛丛细碎的花,花开得十分欢。茎上叶上花上全沁出许多茸茸的粉。塍头田边密密的一片又一片,远看如烟,如雾,如云。

我有个石鼓形小绿瓷缸子,满满地插了一缸。下午我们常去采报春花,晒太阳。搬家了,一马车,车上冯家的猫,王家的鸡,松与我轮流捧着那一缸花。我们笑。

那个缸子有时也插菜花,当报春花没有的时候。昆明冬天都有菜花。在霜里黄。菜花上有蜜蜂。

四、百合的遗像

想到孟处要延命菊去,延命菊已经少了,他屋里烧瓶中插了两枝百合,说是"已经好些天了"。

下着雨,没有什么事情,纱窗外蒙蒙绿影,屋里极其静谧,坐了半天。看看烧瓶里水已黄了,问"怎么不换换水?"孟说"由它罢"。桌上有他批卷子的红钢笔,抽出一张纸画了两朵花。心里不烦躁,竟画得还好。松和孟在肩后看我画,看看画,又看看花,错错落落谈着话。

画画完了，孟收在一边，三个人各端了一杯茶谈他桌上台路易士那几句诗，"保卫那比较坏的，为了击退更坏的，"现代人的逻辑阿，正谈着，一朵花谢了，一瓣一瓣地掉下来，大家看看它落。离画好不到五分钟。

看看松腕上表，拿起笔来写了几个字：

"遗像 某月日下午某时分，一朵百合谢了。"

其后不久，孟离开昆明，便极少有机会去他屋前看没有主人的花了。又不久，松与我也同时离开昆明又分了手，隔得很远。到上海三月，孟自家乡北上，经过此地，曾来我这个暮色沉沉的破屋里住了一宿，谈了几次，我们都已经走了不少路了，真亏他，竟还把我给他写的一条字并那张画好好地带着？

这教我有了一点感慨。走了那么多路，什么都不为的贸然来到这个大地方，我所得的是什么，操持是什么，凋落的，抛去的可就多了。我不能完全离开这朵百合，可自动地被迫地日益远了，而且连眺望一下都不大有时候，也想不起。孟倒是坚贞地抱着做一个"爱月亮，爱北极星的孩子"的志气，虽然也正在比较坏与更坏的选择之中。松远在南方将无法尽知我如今接受的是一种什么教育。阿，我说这些干什么，是寂寞了？"雨打梨花深闭门"，收了吧。——这又令我想起昆明的梨花来了。

在喧嚣的世界里，
坚持以匠人心态认认真真打磨每一本书，
坚持为读者提供
有用、有趣、有品位、有价值的阅读。
愿我们在阅读中相知相遇，在阅读中成长蜕变！

好读，只为优质阅读。

在西南联大的日子

策划出品：好读文化	装帧设计：所以设计馆
监　　制：姚常伟	内文制作：尚春苓
产品经理：罗　元	责任编辑：钱　丛
特约编辑：张　翠	

图书在版编目（CIP）数据

在西南联大的日子 / 汪曾祺著. —杭州：浙江人民出版社，2022.12（2025.9重印）
 ISBN 978-7-213-10647-7

Ⅰ．在… Ⅱ．①汪… Ⅲ．①散文集－中国－当代 Ⅳ．① I267

中国版本图书馆CIP数据核字（2022）第098504号

在西南联大的日子
ZAI XINAN LIANDA DE RIZI

汪曾祺 著

出版发行	浙江人民出版社（杭州市拱墅区环城北路177号 邮编 310000）
责任编辑	钱 丛
责任校对	陈 春
封面设计	所以设计馆
电脑制版	尚春苓
印 刷	嘉业印刷（天津）有限公司
开 本	880毫米×1230毫米 1/32
印 张	7.25
字 数	158千字
版 次	2022年12月第1版
印 次	2025年9月第11次印刷
书 号	ISBN 978-7-213-10647-7
定 价	45.00元

如发现印装质量问题，影响阅读，请与市场部联系调换。
电话：010－82069336